KB102748

아버지의 섬

낮달

아버지의 **섬** 낮달

펴낸날   초판 1쇄 2024년 7월 25일

지은이   안 숙
펴낸이   서용순
펴낸곳   이지출판

출판등록   1997년 9월 10일
등록번호   제300-2005-156호
주소   03131 서울시 종로구 율곡로6길 36 월드오피스텔 903호
대표전화   02-743-7661
팩스   02-743-7621
이메일   easy7661@naver.com
디자인   김민정
인쇄   ICAN
물류   (주)비앤북스

값 17,000원

ISBN 979-11-5555-226-1 (03810)

아버지의 섬 낮달

안 숙 수필집

이지출판

실비 오듯 스며드는 그리움

살아가는 동안 귀인을 세 번 만난다고 합니다.

귀인은 소리 없이 내리는 실비와도 같다고 할 수 있습니다. 귀인을 만나지 못하는 것은 모든 것이 상대적이니까 제 탓이 크다고 했습니다. 저의 전생은 무엇이었든 아버지, 어머니를 부모님으로 태어났으니 더 바랄 수 없는 귀인을 만난 연이라고 생각합니다. 아버님, 어머님은 실비 오듯 소리 없이 스며드는 사랑과 그리움을 주셨습니다.

그 사랑과 그리움은 소나기로, 때로는 태풍으로 작용하여 오뚝이처럼 일어서게 하는 용기를 주었습니다. 한참 늦은 나이에 시작한 대학원 수업 7년은 앎을 갈구하는 갈증을 풀어 주기에 충분했습니다. 남들은 웃을지 모르지만 석·박사 7년은 허영이 아니었습니다. 제 삶을 촉촉이 적셔 주는 실비 같은 눈물이었고 목마름을 채워 주는 단비 같은 소나기였습니다.

북극 밤하늘의 오로라(또는 아우로라)는 잃어버린 무엇인가가 너무 그리워 그것을 찾으려 밤마다 캄캄한 하늘을 휘젓고 헤매는 것 같다고 하였습니다.(김우종 교수의 평론에서)

북극 밤하늘의 오로라처럼 과거로 흘러가 버린 시간을 잊지 못하는 것은 저 역시 그리움이었습니다. 그 그리움을《아버지의 섬 낮달》에 담았습니다.

대모산 능선 한 뼘쯤 높이에 낮달이 떠 있습니다. 외로운 섬처럼 뜬 낮달은 아버지, 어머니를 더 그리웁게 합니다. 불초한 여식은 아버님, 어머님께 눈물로 감사와 그리움을 표합니다.

두 번째 수필집《검은 넋 눈꽃으로 피는가》를 발표한 지 12년이 지났습니다.

육이오 때 초등생으로 이 자리에 오기까지 따뜻한 손길이 참 많았습니다. 대학 입학의 기쁨도 잠시, 겨우 마련한 등록금을 등록 시간에 맞추기 위해 고향(풍양)에서 상주까지 밤길 40리를 걸어야 했습니다. 잠을 자다 일어나서 배를 태워 준 사공이 있었고, 비를 맞으며 무서운 길을 동행해 준 남자아이도 있었습니다.

4년이면 졸업하는 대학을 휴학, 복학으로 헤맬 때 추천 서를 써서 초등공민학교 강사 자리를 마련해 주신 전 현석호 국방부장관님, 휴학과 복학을 할 때 음으로 양으로 도움을 주신 이병림 조교님(제9대 총장 역임), 필기노트를 빌려준 여고 후배 조석자님에게 감사 올립니다. 그리고 많은 연으로 저를 도와 주신 모든 분들에게도 머리 숙여 감사드립니다.

손자녀 정현(政炫), 규(圭), 가은(佳垠), 은(殷), 항(沆)아, 사랑한다.

장남 헌(憲)아, 대학원 졸업 7년 동안 지극으로 엄마 챙겨 줘서 고맙다.

2024년 여름
안 숙

▶ 차례

서문_ 실비 오듯 스며드는 그리움   4

평론_ 수필가 안숙의 그리움의 미학_ **김우종**   245

제1부 본명이세요?

아버지의 섬 낮달   14

아무것도 없다   19

본명이세요?   24

내가 좋아하는 서사 한 줄   30

한 잎 풀잎에   35

초록이 좋다   40

사랑초   44

매미가 남기고 간 우표 한 장   46

유구한 한강   50

안개와 걷다   54

제2부 엄마의 징검다리

언제든 돌아가리라   58

엄마의 징검다리   64

감나무 가지에 머무는 바람   70

어머니 산소   75

시월이 간다   79

얼굴은 팥잎만 해가지고   84

눈물비 맞으며 건너던 강가   87

비발디 사계의 봄꿈   92

망각의 레테강   97

예천, 물 맑고 유서 깊은 고향   100

제3부 눈꽃으로 핀 검은 넋

창가에 걸어 둔 고요   110

눈꽃으로 핀 검은 넋   113

물인 듯 눈물인 듯 슬픔인 듯   121

갓바위   124

봄 숨소리   129

슬프지만 따스한 이별   132

빨간색 우체통   136

편지 빛   141

경건한 의식의 가계부 쓰기   144

제4부 하모니카 부는 남자

쫑과의 이별 152

하모니카 부는 남자 157

첫 서울 상경기 161

땅의 운명도 바꾼 강남 스타일 166

화합의 청계천 174

성산 일출봉 177

오페라의 유령 182

가로세로 줄 187

제5부 그리운 것은 눈을 감아야 보인다

별이 빛나는 밤   192

그리운 것은 눈을 감아야 보인다   198

흑진주 아바나   204

프라하의 카를교   210

흔들리는 숲 타트라   215

시베리아 바이칼 호수   219

달 가듯이   226

프리즘을 통과한 빛   232

나는 수필을 이렇게 쓴다   238

제1부

본명이세요?

아버지의 섬 낮달

아무것도 없다

본명이세요?

내가 좋아하는 서사 한 줄

한 잎 풀잎에

초록이 좋다

사랑초

매미가 남기고 간 우표 한 장

유구한 한강

안개와 걷다

아버지의 섬 낮달

낮달바라기를 한다. 삐죽삐죽 날이 선 빌딩 사이로 손바닥만 한 하늘 조각이 보인다. 비스듬히 누워 있는 대모산 능선 한 뼘쯤 위에 낮달이 떠 있다.

날빛을 잃은 낮달은 서녘 하늘에 외로운 섬처럼 떠 있기도 하고 동트기 전 여명에 흰무리처럼 떠 있기도 한다. 맑은 날은 빛을 잃고 외롭게 하늘에 떠 있을 테지만 보이지는 않는다. 낮달은 보고 싶을 때 아무나 볼 수 있는 달이 아니다. 시월 달개비 바람을 가슴에 안고 살아가는 사람에게만 보이는 달이다. 그리하여 낮달은 그리움을 안고 하늘을 쳐다보는 사람에게만 보이는 달이지 싶다.

초겨울 낮달은 얼음 조각처럼 시려(추워) 보인다. 하나둘씩 피어나는 그리운 얼굴 같은 조각달은 가슴에만 피어난다. 여덟아홉 살 때 보았던 낮달은 꽃상여가 떠나던 날 거푸 하늘에 떠 있었다. 외로운 시인의 누군가에게 사랑으로 태어난 낮달이라 했던가. 외로운 누군가가 되어 보지 않은 사람은 볼 수 없는 달이지 싶다.

늦은 봄이었다. 옆집에서 곡성이 터졌다.

"아이고! 아이고!"

울음소리가 한낮의 공기를 찢을 듯 팽팽했다. 며칠 뒤 하얀 소복을 한 그녀는 상두꾼이 맨 꽃상여에 매달려 잡은 손을 놓지 않으려 몸부림쳤다. 바닥을 쓸고 있는 흰 치맛자락에 피눈물이 얼룩졌다. 꽃 같은 아내와 막 돌 지난 아들 하나를 남겨 두고 옆집 오빠는 돌아올 수 없는 먼 길을 떠났다.

어른들 뒤에 숨어 소리도 내지 못하고 꺽꺽 울었다. 서럽고 무서웠던 꽃상여. 아버지가 떠났을 때보다 여덟 살에 처음 보았던 그날의 꽃상여와 낮달이 더 또렷하게 기억에 남아 있다.

한낮 불볕이 쏟아지는 오후였다. 지붕 위로 무명 저고리가 올라가고 무어라 외치고 생살을 찢는 비명소리가 들렸다.

뒤뜰에서 놀던 소꿉을 팽개치고 안방으로 달려갔다. 모기장을 쳐 놓은 요 위에 아버지가 반듯이 누워 계셨다. 울부짖는 소리에 감았던 눈을 겨우 떠 할아버지, 할머니, 어머니… 한 사람 한 사람 돌려보다 내 얼굴에서 잠시 멈추더니 젖은 눈을 힘없이 감으셨다. 그리고 아버지는 눈을 뜨지 않으셨다.

그날도 하늘엔 외로운 섬처럼 낮달이 떠 있었다. 왜 사람이 숨을 거두는 날은 낮달이 뜰까. 어린 나를 슬프게 하였다. 그날 후 슬플 때 낮달은 눈물을 담아 놓는 그릇같이 보였다. 그리고 낮달은 마지막 가는 길을 늦추기 위해 머무는 섬, 아버지의 외로운 섬이라고 생각했다.

아버지는 기이하게 생긴 닭벼슬, 새 깃털, 용꼬리 장식을 단 꽃상여를 타고 햇볕이 강렬한 유월에 떠나셨다. 우리 가슴에 오뉴월 서리 멍울을 남기고 동네를 한 바퀴 휘돌아 떠나가셨다.

인간은 탄생에서부터 죽음에 이르기까지 엄청난 고독 속에서 삶이 이어지는 것이 아닌가. 머리 좋은 내 아버지는 자신에게서 도피하지 않았다. 자신의 정체성을 찾기 위해 고독한 도전적인 삶을 영위하셨던 것이다.

소년 시절 단신 일본으로 건너가 날품을 팔아가며 아버지는 중학교를 다니셨다고 한다. 빛을 잃고 하늘을 배회하는 외로운 섬 낮달처럼 한이 많은 삶을 사셨던 것이다. 누구를 향한 원망인지, 내가 죽으면 저놈들 다 잡아갈 거라 하시며 문병 오는 사람들이 보기 싫어 돌아누우셨다. 다른 집안은 넝쿨에 오이 열리듯 자손이 번성했다. 종손인 우리 집은 할아버지 때부터 자손이 귀했다.

아버지는 내 남동생을 잃은 슬픔이 지병으로 깊어져 마흔을 겨우 넘기셨다. 술을 많이 드셨고, 슬픈 노래를 부르며 벗은 상의로 길바닥을 쓸며 집으로 돌아오시곤 하였다고 한다. 돌 전 외아들을 하늘나라에 보내고 어린것을 외롭게 혼자 둘 수 없어 서둘러 뒤따라가셨던 것일까. 이승에 홀로 남겨 둔 딸을 또 얼마나 아파하셨을까. 외로운 섬 낮달은 언제나 나를 서럽게 했다.

아버지에 대한 기억이 아득하다. 잊으려고 애쓰며 살아온 세월이 얼마이던가.

그 원망의 빛이 사위어질 만큼

하늘에 외로운 섬 낮달이 떠 흘러간다.

"아버지, 당신의 하늘에도 낮달이 피나요?"

그리움이 하나둘 지워진 섬 낮달에 아버지는 계시지 않을지 모른다는 생각을 한다. 오늘도 하염없이 아버지를 그리며 외로운 섬 낮에 핀 낮달을 하늘바라기 한다.

＊ 에세이문학 2021년 여름호 10선에 선정됨

아무것도 없다

가을이 왔다.

설악산 정상에서 내려오는 단풍이 9부 능선을 넘었다는 소식이다. 옆으로 누워 있는 구룡산 능선이 촘촘한 빌딩 사이로 야윈 얼굴을 내민다. 폭염에 달아오른 빌딩도 찬 기운에 열이 내린 얼굴이다.

목에 머플러를 감고 한강둔치로 나간다. 산책 나온 사람들과 자전거가 부쩍 많아졌다. 청담동 토끼굴에서 잠실 선착장까지 유치원 아이처럼 나란 나란히 걷는다.

한강이 푸른 몸을 뒤척이며 흘러간다. 깊어가는 가을빛에 젖은 강물은 거꾸로 서 있는 산 그리매(그림자)와 출렁거린다. 생성과 조락, 채움과 비움, 풍요롭지만 쓸쓸한 계절.

가을이면 저려오곤 하는데 선명한 가을빛이 내 옷자락을 붙잡는다.

나는 색색으로 물든 마른 잎 구르는 가을을 좋아한다. 회색 겨울은 우울하게 한다. 가을이라기엔 늦고 겨울이라기에는 빠른, 가을 위에 겨울이 포개지는 달 11월을 좋아한다. 부풀어 오른 태양의 낮보다는, 하루해가 저무는 해질녘에 마음이 편하다. 늦가을의 유현(幽玄)함이 마음을 정(靜)하게 하는 것, 내가 이 가을을 좋아하는 이유다.

가을빛에 생명 있는 것은 모두 야위어 간다. 바람 소리도 활활 타던 단풍도 야위어 떨어지고, 하늘의 태양마저 야위어 간다. 저 혼자 쓸쓸해지는 그리운 것들은 다 가을빛에 야위어 떨어진다.

가을은 단풍도 좋지만 애잔하게 야위어 빛을 잃는 가을꽃도 마음을 아리게 한다. 아득해지는 가을빛 따라 억새꽃은 은발을 풀어헤치고 산등성이에서 강가에서 서러운 몸짓으로 바람을 흔들어 댄다. 떠나온 고향이 그리워 먼 산바라기 하듯, 해맑은 코스모스의 야위어 가는 섬섬한 자태가 또 눈물겹다.

돌아올 수 없는 먼 길 떠난 그리운 얼굴들이 새벽 안개처럼 일렁거리는 것도 이때쯤이다. 오래전 20대에 떠난 그 친구는 박명(薄命)을 예감한 듯 코스모스를 좋아했다. 애틋한 몸짓으로 그리움을 앓는 코스모스, 은발을 풀고 몸으로 외로움을 손짓하는 억새꽃. 가을은 그리운 것들을 더 그리웁게 하는 계절이다.

그날도 늦가을이었다. 하얗게 눈가루가 휘날리던 날, 공사장에 세 번째 바뀐 책임자가 왔다. 겨울이 오고 봄이 오고, 반년이 지났다. 초파일 이틀 후 내 생일날 느닷없이 찾아왔다. 잘못을 저지른 아이처럼 쩔쩔매며 뒤에 숨겼던 손을 쑥 내밀었다. 흰 종이에 싼 빨간 장미꽃 다섯 송이였다. 빨간 장미꽃은 순수한 사랑, 사랑의 고백이다.

신호가 바뀌기를 기다리는 차를 향해 나는 부챗살 손바닥을 펴 손을 흔들었다. 고개를 돌려 그가 웃었다. 가슴에 피어나는 사랑초…. 불확실한 내일을 모른 채 돌아섰다. 언제이던가, 가을이면 생각나는 그리움이다.

그리고 정신없이 휘둘리며 살아야 하는 현대 생활에 그리움을 그리웁게 하는 가을은 축복이 아닐런가. 추수가 끝난 빈 들녘의 고요. 곱게 물든 단풍으로 활활 타는 먼 숲속. 막 씻어 놓은 배춧잎처럼 푸른 물이 뚝뚝 떨어질 것 같은 가을 하늘, 이 선선한 산하는 팍팍하게 살아가는 우리에게 잠시 쉬어 가라는 신의 선물이 아닌가. 생명 있는 것은 제각각의 무늬로 성숙해지고 여물어 가는 무한 강산. 우리는 가을에서 쇠락을 배우고 다시 기다림의 지혜를 체현한다.

끝이 없는 상념을 거두고 휘적휘적 팔을 흔들며 걷는다. 삶에도 사계절은 있다. 내 삶의 사계절은 어디쯤에 와 있을까. 서 있는 자리를 아쉬워한들 무엇하랴. 미래의 내 모습을 알려면 현재의 내 모습을 보라고 했던가. 열심히 밥 먹고, 열심히 친구 만나고, 건강하게 열심히 살면 되는 것을. 성심을 다해 정성스럽게 살면 지금 앉은 자리가 내일의 내 자리가 아닌가.

그들에게 이틀만 더 남국의 날을 선사하시어
그들이 농익도록 재촉하시고…

마리아 릴케는 위대한 남국의 날을 이틀만 더 달라고 기도했다.

릴케처럼 빌어 본다. 나에게도 그 남국의 날들을 이틀

만 더 선사하시어 농익도록 머물게 해 달라고….

저무는 강물 위로 선홍빛이 낭자하다. 하늘을 덧덮은 발간 노을이 스러지자 먹물 번지듯 시나브로 어둠이 밀려온다. 이 가을 물거품처럼 야위어진 내 몸, 어둠과 한 몸이 된다. 아무것도 없다.

* 강남신문 2019년 3월 12일 문학면에 게재

본명이세요?

　말콤 글래드웰의 저서 《아웃라이어》에 '1만 시간의 법칙'이 있다. 하루에 3시간씩 10년간 '1만 시간 노력'을 하면 못 이룰 것이 없다는 의미다.

　한평생 사노라면 몇 번이나 기회가 올까. 1만 시간에야 미칠 수 있을까만, 말없이 제 길을 가는 하늘 구름이 부러웠다. 푸르른 하늘길을 가는 구름과 같이 내 길을 걷고 싶었다.

　"저 안숙입니다."

　"안 숙…?"

　"이름이 외자입니다."

"본명이세요?"

"네."

"아, 이름이 예쁘네요!"

열이면 일곱이 내 얼굴을 쳐다본다. 얼굴보다 이름이 예쁘다는 표정이다.

처음 만나는 사람에게 나를 소개할 때 나누는 대화다. 공식이 되었다.

편안 安, 맑은 淑은 나의 이름이다. 가득 찰 滿, 맑을 淑, 滿淑은 또 하나의 내 이름이다. 나는 두 개의 이름으로 살아왔다.

아버지는 아들을 바라는 마음으로 항렬자 빼어날 秀를 붙여 나를 萬秀라 했다가 다시 滿淑이라 부르셨다고 한다. '가득 찬 맑음', 넘침이 모자람만 못하다고 생각하셨을까? 출생 신고를 하며 할아버지께서 겨울 창공처럼 '맑고 고요히' 살라는 바람으로 맑은 淑, 외자로 정하셨던 것이다.

나와 네 살 터울로 남동생이 태어났다. 아버지가 그토록 바라시던 아들이었으니 얼마나 귀했을까. 허나 돌 한 달을 남겨 놓고 숨을 거두었다. 아버지는 그 아들을 잃고 세상을 다 잃은 듯 슬픔에 지쳐 헤매다가 삶의 끈을 놓으셨다. 아버지를 여의기엔 나는 너무 어렸다. 아버지가 남겨 주신 유일한 선물은 滿淑이라는 이름뿐이었다. 철들 무렵부터 서러움이 깊어져 아버지가 계시면 좋겠다는 생각을 지우개로 지우듯 철저히 잊고 살아온 것이다.

초중고, 대학까지 내 학적부에는 호적 이름 안숙이 아닌 안만숙으로 기록되어 있었다. 1945년 해방 무렵, 내가 초등학교 입학 때는 서류를 확인하지 않았다. 앞으로 나란히 세워 놓고 아이들이 대답하는 이름을 그대로 받아 적어 입학시켰다. 그리하여 나는 安滿淑 이름으로 초등학교에 들어갔다.

상급학교 진학 때는 호적과에 부탁하여 이름을 滿淑으로 정정해 제출하곤 했다. 고향 면사무소에 집안 숙항들이 계셔서 뭐든지 수월했다. 또 군복무에 관계없는 여자라 호적과 다른 이름을 써도 별 문제가 되지 않았다. 대학 입학 원서를 낼 때는 고3 담임이 안숙으로 바꾸기를 적극 권하였다. 역시 고집을 굽히지 않았다. 아버지께서 부르던 이름을 어찌 고치려나 싶었다.

아버지가 불러 주시던 이름에 왜 그리 연연했을까? 지금에야 돌아본다. 삶과 죽음이 어찌 인간의 의지로 되는 것일까만, 어떤 이유든 어린 자식을 두고 서둘러 이승을 떠난 것에 원망이 깊었던 모양이다. 아버지의 빈자리가 헛헛할수록 더 잊으려고 애쓰며 살아온 게 아닌가 싶다. 安滿淑이라는 이름에는 이렇듯 기우는 해그림자처럼 점점 희미해져 가는 부모님의 잔영을 붙잡고 싶은 사무침이 남아 있다고 하겠다.

60년대 후반 도민증 대신 주민증을 만들었다. 그때 역시 주민등록에 안만숙으로 고유 주민등록번호를 받았다. 법원에 안만숙으로 개명 신청을 한 적 있었지만 여의치 않았다. 여권을 준비하는 과정에 동직원이 호적 이름, 주민등록 이름이냐는 권유를 받고서야 안숙으로 일치시켰다. 안만숙으로 반평생을 살아온 셈이었다.

관향이 순흥인 安씨 성은 북방 지방에 발생한 난을 위급에서 구한 업적으로 하사받았다고 한다. 근세는 풍기, 순흥 지방을 중심으로 일어난 단종의 복위 사건에 연유되어 멸문지화를 입었다. 그 후 조선조 5백여 년 거의 벼슬길에 오르지 않을 만큼 지조를 지켰다는 것이다. 집안 어른들은 불의에 굴하지 않는 지조가 강직한 가문이라며 어릴 적부터 귀에 못이 박히도록 들려주었다. 자부심 또한 대단하셨다.

역시 많은 성(姓) 중에서 반듯하고 정(正)해 보이는 安씨 성이 좋다. 창씨개명 시절 여자 이름에 그 흔하던 아들 子도 아니다. 외자 맑을 淑이라 지은 부모님의 혜안이 자랑스럽다.

만날 때마다 고개를 갸웃하며 나를 놀려먹는 선생님이 계시다.

"안숙은 숙이 아닙니다."

"왜입니까? 편안 安 아래는 어떤 자가 와도 다 평화롭습니다."

말 펀치로 대응하며 웃을 때는 흐뭇했다. 내 이름이 기억하기 쉽고 예쁘다는 호의로 전해 와서다.

가을 위에 겨울이 포개지는 달 11월, 텔레비전에 수수한 얼굴의 82세 할머니가 출연했다. 동대문시장에서 평생을 미싱사로 살아온 분이다. 4년 동안 검정고시로 중고등 과정을 마치고 대학 진학을 위해 수능시험을 본다는 것이었다. "왜 대학에 가려고 하느냐?"는 아나운서의 질문에 "전문 디자이너가 되고 싶어 대학에 간다." 당당히 포부를 밝혔다. 충격이었다. 전문 디자이너가 되고 싶어 수능을 본다는 한마디는, 회한의 파고가 되어 폭풍처럼 나를 후려쳤다.

2015년 봄도 지나 불볕이 뜨거운 늦여름에 대학 졸업 50년도 지난 모교를 찾아갔다. 대학 학적부에 기록된 안만숙을 호적 이름 안숙으로 정정하였다. 안숙으로 정정된 졸업장과 성적증명서를 들고 교정을 나섰다. 팔랑나비처럼 스쳐가는 학생들 얼굴에 팝콘처럼 부풀었던 지난날의 내 얼굴이 겹쳐진다. 푸른 하늘엔 내 길을 열어 주듯 하얀 구름이 흘러 흘러간다.

안만숙은 이제 초등학교와 중고등 학적부에만 남아 있다. 훗날 저세상에서 아버님, 어머님을 뵐 때 안만숙이 아닌 안숙이라 낯설어할 것 같은 두려움이 있다.

이제야 아버지가 이해되는 것 같다. 돌잡이 외아들을 하늘나라에 보내고, 그곳에 외롭게 혼자 둘 수 없어 서둘러 뒤따라가셨을지 모른다. 이승을 내려다보시며 남겨 둔 어린 딸을 또 얼마나 아파하셨을까.

내가 좋아하는 서사 한 줄

'흐르는 것은 강물만이 아니다'는 내가 좋아하는 서사 한 줄이다.

실바람에 풋풋한 풀향기가 실려 있다. 거리에는 따스한 햇살이 너울너울 춤춘다. 강변역에서 전철을 내려 동서울 터미널 계단을 내려온다. 무거운 외투를 벗고 화사한 봄옷을 입은 사람들이 길을 메웠다.

그 길 옆에는 차를 세워 놓고 흰 가운을 입은 간호사가 사람들의 팔을 잡고 헌혈을 권유하는 모습이 보인다. 머리 위로 하얀 현수막이 너울너울 춤을 춘다.

'사랑의 헌혈'이라고 쓴 빨간 글씨가 주홍글씨처럼 확대되어 내 눈 속에 붙박이로 꽂혔다. 숨을 크게 쉬고 하늘을 올려다본다. 하얗게 바랜 하늘에 눈이 시리다.

헌혈차를 보면 애써 외면해 오던 터였다. 지난날의 상처가 덧날까 봐 시선을 피해 왔다. 오늘따라 어지러이 바람에 나부끼는 현수막이 지나간 세월의 덫을 펼쳐 놓는다.

서대문 사거리 적십자병원 정문 앞이었다. 이른 새벽부터 넝마 같은 누더기를 걸친 사람들이 늘어서기 시작했다. 얼굴엔 하나같이 저승꽃이 피어 있고 버거운 짐을 지듯 굶주림에 지쳐 있는 얼굴들이었다. 그 줄은 피를 팔려고 차례를 기다리는 것이었다. 1950년대의 고단한 삶을 살아가는 우리의 모습이기도 하였다.

요즘은 혈액은행이 있어 피를 언제든 환자에게 공급한다. 1960년대는 피를 파는 사람에게서 돈을 주고 사 환자에게 수혈했다. 지금은 헌혈이지만 그때는 매혈이었다.

나는 서대문에서 동대문 부근에 있는 학교로 출근하고 있었다. 매일 아침 길게 늘어선 사람들의 줄 끝에는 무엇이 기다리고 있을까. 창밖 풍경은 나를 아프게 했다.

40여 년 전 겨울은 지금보다 훨씬 더 추웠다고 기억된다. 지금은 엘리뇨 기상이변 때문에 수년째 따뜻한 겨울이 계속되고 있다. 그때의 겨울은 아침에 일어나면 윗목에 놓아 둔 물그릇이 얼음덩이가 되기 일쑤였다. 헐벗고 굶주리고 땔감이 부족해서일까, 의식주가 절대적으로 부족하던 시절이라 더 추웠던 게 아닐까 생각되기도 한다.

그 무렵 서울에서 공부하는 지방 학생들 중 고학생이 많았다. 더러는 피를 파는 학생도 있었다. 굶주리며 불기 없는 방에서 동태처럼 얼어 보지 않은 사람이 어찌 적십자병원 앞에 서 있는 사람들의 절망의 깊이를 자로 잴 수 있겠는가.

대학 1학년 겨울이었다. 그해도 한강은 꽁꽁 얼어 예년보다 훨씬 추운 겨울이 계속되었다.

피는 빨강이다. 왜 핏빛은 빨강일까 되새김질했다. 천장과 벽, 침대 시트가 온통 백색인 사각 속에 갇혀 핏빛이 파랑색이나 흰색이었으면 덜 외롭겠다고 생각했다. 희디흰 팔에 꽂힌 주삿바늘에 방울방울 떨어지는 빨간색 피가 두려웠다. 안개 같은 연무 속에 어른거리는 그림자가 혈맥을 조여 명치끝이 아팠다. 가슴이 시리고 아픈 날, 살점을 저미는 외로움으로 나를 침몰케 하는 긴 시간이었다.

600그램의 피를 뽑은 대가는 보름가량 생활할 수 있는 금액이었던가. 지폐 몇 장으로 방을 덥히고 더운물을 끓이며 살아가는 서러운 삶이었다.

그리고 항상 못다 한 학업에 갈증을 느끼며 목말라했다. 왜 그토록 서울에 목을 매게 했을까. 왜 꼭 서울이어야만 했을까. 결국 견디지 못하고 눈물을 깨물며 학교에 휴학계를 내고 따뜻한 아랫목이 기다리는 고향집으로 내려갔다. 돌이켜보면 젊음을 앓는 아픔이었다.

헌혈은 말 그대로 필요한 사람에게 피를 나누어 주는 선행이다. 피는 건강한 사람이 뽑으면 6개월쯤 지나 깨끗한 피로 보충된다. 몸 전체 피돌기가 향상되어 오히려 건강에 도움이 된다고 한다. 그래서 건강할 때 피를 비축하기 위해 헌혈을 권장하기도 한다.

그러나 지난날 끼니를 위해서나 고학생들이 학업을 위해 매혈을 했던 것은 상처뿐인 슬픔이었다. 피를 팔아가며 공부하는 고학생들의 이야기는 이제 고전 속에나 나오는 이야기가 되었을까. 매혈이던 지난 시절과 헌혈로 바뀐 오늘의 세상사는 지나온 세월만큼이나 격세지감을 느끼게 한다.

흐르는 물처럼 지난날의 아픔도, 고뇌도 젊은 날의 푸르렀던 찬란한 그리움으로 남아 피안의 강으로 흘러 흘러간다.

오랜만에 아픔의 멍울을 햇볕에 녹여 버린다. 환한 얼굴로 헌혈차를 마주본다. 인도에서 두 사람이 옥신각신한다. 청년은 흰옷의 간호사에 팔을 잡힌 채 엉거주춤 오리걸음으로 헌혈차로 걸어간다. 그 삽화를 바라보는 사람들은 지나가는 바람처럼 웃음을 흘린다.

두 사람의 어깨 위에 쏟아지는 햇볕이 다시 땅 위에서 구른다. 햇살이 참 좋다.

한 잎 풀잎에

새장 안에 갇힌 새는 스스로 새장 문을 열 수가 없다. 그래서 작은 새는 늘 외로운 탈출을 꿈꾸곤 한다. 30여 년 세월이 흘렀다.

거울 앞 낯선 얼굴이 슬픈 눈빛으로 나를 바라본다. '인형의 집'에서 탈출이라고나 할까. 대문 앞에 배달된 광고지를 들고 30여 년 만의 외출을 결심한다. 가족으로부터 홀가분해지는 데 30여 년이 걸린 것이다.

낡은 일기장 속에서 바랜 기억들을 되살리듯 마지막 불씨로 남아 있는 한줌 불씨에 외로이 매달려 보기로 한다. 문예 강좌를 듣고 건물을 나서자 스산한 바람이 휑하니 얼굴을 스쳐간다. 누군가의 시처럼 테헤란로 빌딩 숲에서 모자를 쓰고 아득히 하늘을 올려다본다. 눈이 아프게 시린 하늘이다. 눈물이 난다. 부딪히며 지나가는 사람들 틈에 고독한 장승처럼 혼자 서 있다. 온갖 사념의 끝자락은 당연한 귀결이듯 고향 산하가 떠오르고, 대현동 1번지 대학 교정의 꽃길이 가물거린다.

봄이 오면 온갖 꽃들이 시샘하듯 다투어 피기 시작한다. 봄볕이 두터워질수록 흐드러지게 피어나는 꽃은 향기를 몰고 와 사람들을 취하게 한다. 젊음과 낭만이 어우러져 희망이 넘치는 교정은 풀빛이 짙어 갈수록 푸르고 싱싱하다. 그러나 나는 그 화려한 봄날에도 봄일 수 없었고 꽃일 수만 없었다. 시련의 계절이었다.

어렵사리 등록금을 마련해 입학은 하였지만 집에서 조금씩 보내 오던 생활비가 몇 달 후 중단되었다. 학업을 포기하고 집으로 내려오라는 어머니의 무언의 말씀이었다. 요즘처럼 아르바이트 자리가 있는 것도 아니고, 장학금은 기독교 계통이어서 교인이 아니면 거의 주어지지 않았다.

근근이 대학 일 년을 마쳤지만 더 이상 학업을 계속할 수 없는 형편이 되어 결국 휴학을 하고 말았다. 바윗덩이가 누르듯 암담한 심정으로 고향에 내려가 일생에서 가장 긴 시간을 보냈다.

뜻이 있으면 길이 열리는 것일까. 중단한 학업을 안타까워하던 분의 도움으로 다시 복학의 길이 열리게 되었다. 지금은 고인이 되었지만 문중 간에 사가댁(査家宅)이었다. 정부 고위직에 있던 그분의 추천을 받아 초등공민학교 강사로 발령을 받았다. 드디어 학비와 식생활이 해결되어 교정으로 돌아올 수 있었다.

하지만 기쁨도 잠시, 그때부터는 시간과의 싸움이 시작되었다. 대학 수업과 아이들의 수업이 겹쳐 날마다 시간에 쫓기었으며, 점심은 오고가는 버스 안에서 빵으로 대신하거나 아니면 굶는 수밖에 없었다. 아이들 수업이 오전일 때는 대학 오전 강의를, 반대로 오후일 때는 오후 강의를 일주일 내내 빠져야 했다. 공민학교에서는 학교장이 아이들의 수업에 지장을 준다며 대학을 그만두든가 직장을 그만두든가 매일같이 선택을 강요했다. 하루하루가 살얼음판, 눈물이 마를 날이 없었다. 3년여 동안 흘린 눈물을 모았다면 작은 시냇물이 되었을 것이다. 5·16 군사혁명 시절이어서 직장 자리를 이탈하면 문책이 심하던 때이기도 했다.

남들은 4년이면 졸업하는 대학을 휴학, 복학을 반복하며 6년여 걸려 졸업했을 때는 기력이 소진해 한 줌 재가 되어 있었다. 훈장 같은 졸업장 한 장으로 만족한 채 주위 분들의 권유와 기대를 뿌리치고 그냥 편히 살고 싶었다. 6년여 세월이 지긋지긋해 되돌아보기도 싫었다. 그렇게 못다 한 젊은 날의 꿈은 막 내린 무대처럼 쓸쓸히 지나갔다.

한번 갇힌 새는 가족이라는 울타리를 벗어날 수 없었다. 30대에 다시 학업을 계속하려고 몇 번 준비해 보았지만 남편 동의 없이는 한 걸음도 나아갈 수 없다는 것을 알았다. 한 걸음씩 물러서는 버릇이 생겨났다. 긴 세월 좌절의 시간들을 생각하면 지금도 가슴의 울혈에 통증이 온다.

나는 유학을 가고 싶었다. 그렇게 가고 싶었던 외국 대학들을 관광객이 되어 방문했다. 중국의 마지막 황제 '푸이'가 훗날 관광객이 되어 자금성을 기웃거리듯 뮌헨대학이니 소르본느대학을 기웃거렸다. 다시는 돌아갈 수 없는 슬프도록 아름다웠던 학창 시절을 그리워하며.

그 시절 고향에는 상급학교가 없었다. 어릴 때부터 학교를 세우고 싶은 소망을 키웠다. 배우고 싶어도 가까운 곳에 상급학교가 없어 많은 친구들이 진학할 수 없는 것이 어린 마음에도 가슴 아팠다.

비록 이루지는 못했지만 위대한 사람이나 유명인만이 '나는 무엇인가?'로 고민하는 것은 아니지 않는가. 평생을 가슴앓이하던 멍울이 굳은 못이 되어 가슴을 찌르고, 아침에 눈을 뜨면 점점 작아져 내 존재는 보이지도 않던 기나긴 시간이었다. '왜 사는가?'를 생각하는 것조차 숨죽이며 고뇌해야 했던 지나간 세월이다. 스스로 내려놓지 못하는 울혈은 아직까지도 굴레가 되어 나를 옥죄기도 한다.

마음의 병은 세월이 약이라고 한다. 버거웠던 굴레를 벗어 놓고 이제는 강물 위에 무심히 떠가는 나뭇잎처럼 가벼워지고 싶어진다. 물 위에 떠내려가는 한 잎 풀잎에 내 아픈 마음을 고요히 실어 보낸다.

초록이 좋다

햇살이 초록(빛)을 빚어 놓는다. 사계절 중 5월은 더 찬란하게 빛난다. 삽삽한 공기, 싱그러운 바람, 코끝에 스치는 초록 향은 모자람이 없는 하하하 시절이다.

초록이 눈부신 날은 웃음이 헤퍼진다. 때때마다 향기가 수상하니 너나없이 취한다. 도심을 벗어난 들녘에 아카시아꽃이 지천으로 피어 바람 따라 꽃비가 쏟아진다. 싸하니 박하사탕 향기가 온전히 산야를 뒤흔들어 놓는다.

매년 5월이 오면 5월만큼 싱싱했던 젊음을 그리워한다. 까맣게 잊었던 친구에게서 그리운 편지라도 올 것 같은 기다림으로 서성이기 십상이다. 대학 시절 편지 쓰기를 나만큼 좋아하던 친구가 있었다.

대학 2년, 복학하고 돌아와 과 편지함을 찾았을 때 세 통의 편지가 기다리고 있었다. 아카시아 향기 만개한 5월부터 답이 가면 답이 오고, 편지는 졸업 때까지 수십 통이 이어졌다. 그러나 그가 원하는 길로 함께 갈 수는 없었다. 어떤 모습으로 잘 살았을까. 5월이 오면 싱싱했던 젊음과 함께 그 친구를 그리워한다.

5월은 뜨거운 태양이 이글거리는 여름으로 가는 길목이다. 태양 아래 존재하는 모든 생명은 씽씽씽 기운이 성해지는 시절이다.

젊음의 계절, 5월의 E여대 산책길이 떠오른다. E여대 교정에서 금화터널로 이어지는 2차선 도로는 붐비지 않아 좋다. 그 길을 가로질러 골목길로 접어들면 오솔길이 나오고 곧바로 Y대학 뒷산 산책길로 이어진다.

50여 년 전 Y대학 산책길, 우거진 관목과 상록수가 숲을 이루었다. 하늘을 가릴 만큼 촘촘하게 들어선 도심 속 울울창창한 산이었다. 아카시아 만발한 꽃 터널이 이어져 향긋한 향기가 온 산을 덮었다. 그 터널 길은 뚝뚝 떨어지는 꽃잎이 눈송이로 내려 초록 속에 하얀 세상이었다.

시간에 쫓기는 일상 중에서도 학과 시간이 끝나면 곧잘

학교 뒷산으로 달려갔다. 하얀 꽃향기 그윽한 산책길은 힘들고 메마른 대학 생활에 산소 같은 바람길이 되어 주었다. 젊음의 허기를 다독여 목마름을 채워 주는 공간이었다.

녹음이 짙어 가는 여름부터 산은 연초록, 진초록, 쑥초록, 감초록, 녹색의 축제로 이어졌다. 겨울이 오기까지 사계절의 초록 변화는 장관을 이루어 시시때때 힘든 나를 어루만져 주곤 하였다.

또 5월은 개교기념일이 있는 달이어서 한 달 내내 축제가 이어졌다. 교정은 신록의 성찬이 흐드러지고 꽃향기에 멀미를 앓았다. 지금은 안개꽃을 좋아하지만 학창 시절에는 흐드러지게 피어나는 아카시아꽃을 더 좋아했다.

아카시아꽃은 향긋한 향기로 사람들을 묶어 놓는다. 꽃잎은 그리 화려하지도 고매하지도 않다. 야산이나 하천 들녘에 지천으로 흐드러지게 피어나는 소박한 꽃일 뿐이다. 화려함보다는 향긋한 향기로 존재 가치를 남긴다.

나는 화려함과 거리가 멀어서일까, 꽃도 있는 듯 없는 듯 잔잔한 꽃을 좋아한다. 한발 떨어져 구경꾼이기를 원하듯 혼자일 때 마음이 차분하다. 생각의 폭이 넓어 여유를 갖는다. 혼자 있어도 지루하거나 무료함을 모른다. 타고난 성정이 고독을 좋아하는지 모를 일이다. 꽃도 애잔한 그림자를 안고 있는 애련한 꽃을 좋아하나 보다.

며칠 전 충주호를 갔을 때다. 푸른 호반에 병풍처럼 펼쳐진 초록의 산들이 윤기를 먹고 고운 자태를 자랑했다. 강물처럼 넓은 호수를 따라 선유하는 동안 눈앞에 펼쳐지는 푸른 경관. 짙푸른 물아래 또 하나의 연초록 심연을 선연히 비춰 낸다.

초록은 영원한 생명의 이미지라 한다. 초록은 희망과 풍요와 신비와 아름다움이다. 초록은 꽃말처럼 평화를 주고 사랑을 준다. 신록에는 자연의 부드러움이 있고 자연의 마음이 있다.

먼 데 산을 바라보니 가없는 초록 세상이 눈앞에 감감하다. 5월은 날개를 달듯 초록 향기가 하늘을 덮는 달이기에 더 좋다.

비록 초로(初老)에 이를지라도 늘 푸르게 살기를 바람한다. 초록이 좋다.

사랑초

꽃눈이 난분분하다. '사랑초'가 피었다. 슬프도록 애잔하다. 꽃대궁에 매달린 눈물방울이 대굴대굴 굴러 발등에 떨어진다.

'애잔하게 고와서 바람이 나고 싶어지나?' 누군가의 화답이다. 사랑한다는 것, 사랑을 받는다는 것, 삶을 풍부하고 행복하게 하는 큰 축복이 아닌가! 꽃눈 난분분하니 오래 사랑에 빠질 것 같다.

작년 이맘때 공사장에 핀 바람꽃도 저리 청초하고 가련했다. 젖은 거리 하얗게 눈가루가 뿌려지던 날, 공사장에 세 번째 바뀐 책임자가 왔다.

초파일 이틀 후가 내 생일이다. 하늘도 푸르고 나무도

푸르고 공기도 푸르고 내 마음도 푸르다. 온통 푸른 세상이었다.

문갑 위 화병에 장미꽃이 입을 벙긋거리고 대궁끼리 깨금발로 키재기 경쟁을 벌인다. 3일 만에 두 마디로 자란 한 송이가 먼저 입을 벙긋 열었다. 안방이 환하다.

빨간 장미 꽃말은 열정, 정열, 사랑의 절정, 불타는 사랑, 사랑의 비밀, 욕망, 아름다움이다. 빨간 장미 봉오리는 순수한 사랑, 사랑의 고백이다.

신호가 바뀌기를 기다리는 차를 향해 부챗살 손바닥을 펴고 활짝 웃었다. 고개를 돌려 수줍은 듯 그가 웃었다. 가슴에 피어나는 사랑초…. 불확실한 내일을 모른 채 나는 돌아섰다.

언제였더라. 꿈속에서 깜박 속았나. 꿈속에서 꾸는 사랑도 사랑 아닌가. 밀고 당기는 것도 사랑법이다. 사랑만 하고 가기에도 우리는 짧은 인생이다.

매미가 남기고 간 우표 한 장

베란다 방충망에 매미 한 마리가 붙어 있다. 금년 들어 세 번째 녀석이다. 기다렸다는 듯 '나 여기 있소!' 바리톤 목청으로 길게 존재를 알린다. 첫 번째와 두 번째 녀석은 울지 않았는데 저 녀석은 수컷인 모양이다. 반가워서 다가가 들여다본다. 기척이 새는지 힐끗 고개를 돌려 귀찮다는 듯 날아간다.

몇 년 동안 삼복 무렵이면 매미가 찾아온다. 정남향이라 볕은 잘 들지만 왜 아파트 8층까지 날아와 방충망에 매달리는지 알 수가 없다. 잊지 않고 찾아오는 것이 고마워 가만가만 살피는 게 고작이다.

장마철인데 비는 오지 않고 더운 열기만 도심을 푹푹

삶는다. 따분하고 후덥지근한 마른장마에 귀청이 따가울 정도로 매미 소리가 요란하다. 손가락 두세 마디 몸피지만 덤프트럭이 자갈을 쏟아붓듯 울어댄다.

어느 아파트 소음측정기에 찍힌 매미 울음소리 수치가 85데시벨이 된다고 한다. 주거지역에서 65데시벨 이상의 소음을 내는 행위는 신고 시 200만 원 과태료를 물어야 한다. 매미는 '집시법'을 위반한 것이다.

유년 시절 들었던 매미 울음은 저토록 그악스럽지 않았다. 여름내 동네가 떠나갈 듯 울어도 감나무 밑에서 책도 보고 낮잠도 잤다. 그럴 때는 여름철 '소리꾼'의 자장가쯤으로 정답기도 했다. 폭염 속 매미 소리를 한여름 더위를 쫓아 버리는 이웃처럼 생각하며 살았던 것 같다.

10여 년 흙 속에서 유충으로 지내다가 땅을 뚫고 나와 허물을 벗고 성충이 되는 매미. 지상에서 누릴 수 있는 시간은 10여 일 정도라고 한다. 10여 년의 기다림과 10여 일의 생존 시간. 하루를 일 년같이 살아야 할 이유가 충분하다. 그까짓 인간의 집시법쯤이야 무시한들 어떠랴.

엿가락처럼 늘어지는 한낮. 매미가 떼로 나른한 공기를 찢을 듯 울기 시작한다. 매미 소리는 주변 소음이 시끄러

울수록 점점 더 커진다. 더 세게 울어야 존재를 알릴 수 있기 때문이다. 자동차나 오토바이가 지나가면 경쟁하듯 더 우렁차다. 도시 매미가 시끄러운 것은 매미 탓이 아니다. 인간 문명의 이기 때문이라고 해도 지나친 말은 아니다.

암매미는 울지 않는다. 저 애끓는 울음은 수놈이 짝을 찾기 위한 사랑의 세레나데일 것이다. 매미에게 지상의 시간이란 오직 짝짓기를 위한 운명의 시간임에 틀림없다. 종족 보존의 본능은 짧은 생애일수록 더 절실하지 않은가.

그러나 정글의 법칙에는 예외가 없다. 목청이 좋고 잘생긴 매미 반 정도만 짝짓기를 한다. 나약한 나머지는 그냥 사라진다.

어느 날 소나기 그치듯 뚝, 우리 청각으로부터 사라지는 매미 울음. 미련 없이 순명하는 삶을 통해 몸소 생명률(生命律)을 실천하는 깨끗한 소멸. 그 깨끗한 소멸을 본받고 싶을 때가 있다.

벌써 귀뚜라미 소리를 들었다는 친구의 문자를 받았다. 가을이 멀지 않았다는 의미다. 얼마 남지 않은 시간을 아는지 점점 야위어 가는 매미 울음소리. 김경주의 시 〈나무에게〉가 생각난다.

매미는 우표였다.

번지 없는 굴참나무나 은사시나무의 귀퉁이에

붙어살던 한 장 한 장의 우표였다

그가 여름 내내 보내던 울음의 소인을

저 나무들은 다 받아 보았을까…

여름 한철을 뜨겁게 살다가는 매미가 우리 가슴속에 울음 소인 찍힌 우표 한 장씩을 남겨 놓고 떠났다.

10여 일 살다가는 매미나, 한 백 년 살다가는 인간이나 지구에 머무는 시간은 크게 다를 게 없다는 메시지를 남긴 건 아닌지. 탄생과 소멸은 유구한 우주의 법칙이 아닐까.

유구한 한강

안개비가 내리는 아침이다. 구름층이 조금씩 엷어지니 오후에는 하늘이 열릴 것 같다.

철커덕철커덕 전철이 빠르게 다리를 지나간다. 수필 강좌를 들으러 매주 한 번씩 지하철을 타고 한강 다리를 건넌다. 물방울이 맺혀 있는 뿌연 차창으로 흐르는 강물을 바라본다. 오전 9시 지하철 안은 붐비지 않아서 좋다. 지그시 눈을 감고 명상에 잠기는 사람, 전차가 흔들릴 때마다 꾸벅꾸벅 방아를 찧는 사람, 정한(靜閑)한 모습들이 느긋하고 편안하다.

다리 위를 지날 때는 어김없이 맑고 고운 뻐꾹이가 다음 정거장이 가까웠음을 알려 준다. 뻐꾹 뻐뻐꾹, 금방이라도 날개를 치며 날아오를 것 같은 정겨운 새소리다. 뻐꾹 소리는 한낮의 정적을 깨고 들려오던 시골의 봄 산정을 떠오르게 한다.

깊숙이 몸을 실은 채 가없는 상념에 잠긴다. 내가 처음 한강을 본 것은 40여 년 전이었다. 6·25 상잔의 상흔이 곳곳에 남아 있던 서울은 참으로 황폐했다. 시내를 동서로 흐르는 한강은 지친 사람들의 숨결을 열어 주는 맑은 젖줄이 되었다.

그 무렵 한강은 성근 모습 그대로 물굽이 따라 갈대밭이 숲을 이루었다. 은빛 모래사장이 물길 따라 흐르는 강이었다. 발목까지 푹푹 빠지는 모래밭은 지친 도시의 삶을 풀어놓기에 더없는 휴식처였다.

대학에 입학하여 서울 생활을 시작했을 때, 가까운 곳에 한강이 있어 위로가 되었다. 서대문 아현동 굴레방다리 부근에 살았던 나는 마포나루까지 즐겨 산책을 나갔다. 고향 낙동강처럼 아늑해 힘든 대학 생활에 숨을 쉴 수 있는 공간이었다.

지치고 힘들 때 겨울새가 날고 있는 기슭에 앉아 하염없이 강물만 바라보았다. 설움에 겨워 노래를 부르고 강바람에 시름을 날려 보냈다. 절망과 슬픔, 기쁨으로 수없이 고뇌하던 젊은 날, 내 젊은 날들과 같이 흐르던 강이어서 더 정겹고 아늑했다.

한강은 도심 속 사계를 운치 있게 한다. 여름에는 무더위를 식혀 주는 늘 푸른 강바람이 시름을 날려 주었다. 가을에는 단풍처럼 황금빛으로 물드는 물빛이 고왔다. 흰 눈 내리는 겨울은 하얗게 흐르는 강이어서 더욱 좋았다.

한강 뚝섬 부근의 산턱에 우거진 억새 숲은 은발을 휘날렸다. 그 아래는 보트장이 있었다. 여름에는 수영을 하는 사람들이 모여들었다. 중턱에서 바라보는 정경은 가릴 것 없이 시야가 넓었다. 지금의 강남을 강 건너에 두고 푸른 숲이 우거져 아름답기 그지없었다.

세월이 흘러 지난날 흔적을 찾을 수 없다. 강변 양쪽으로 이어지는 차 행렬이 또 하나의 길이 되었다. 우거진 억새 숲 대신 아파트가 숲을 이루어 삭막하기 그지없다. 1960년대 옛 모습은 어디에도 없다. 강 따라 숱한 애환들이 오고 갔음이다.

전철을 타고 돌아오는 오후다. 볼 때마다 물빛은 그날의 마음 빛깔에 따라 유연하다. 때로는 밝게 때로는 흐리게 투영된다.

오전에 부슬대던 비가 개어 있다. 비 온 뒤 맑게 갠 해 거름 하늘이 청보라 나팔꽃처럼 서늘하다. 강변 따라 이어신 아파트 숲 뒤로 수락산 푸른 능선을 드러낸다.

옆자리에 앉은 예쁜 학생이 말을 건네온다.

"저기 햇덩이 좀 보세요."

서녘 해가 하늘에 쪽배처럼 걸려 있다. 자홍빛 붉은 덩이가 강으로 막 떨어지려는 순간이다.

하늘 가운데 떠 있을 때 해는 사람들 시선을 눈이 부시게 거부한다. 뜰 때와 질 때는 알몸을 드러내어 밝고 따뜻한 얼굴로 고스란히 받아준다. 바다나 강물 위에서 질 때는 뚝뚝뚝 떨어져 물속에 폭 잠긴다. 붉게 노을 지는 강물 위의 해질녘은 언제나 신비롭고 슬프다.

서울은 한강에서 깨어나고 한강에서 잠든다. 서울에 한강이 없다면 얼마나 황량한 공룡의 도시가 될까. 과거와 현재, 미래가 흐르는 강, 마르지 않고 흘러 흘러갈 내 마음속 그리운 강이다. 어둠 속에 서늘한 빛살을 그으며 해가 한강에 뚝뚝뚝 떨어진다. 우리(민족)의 얼과 함께 마르지 않고 흘러갈 유구한 한강이다.

안개와 걷다

내세에 만나자는 친구는 수류(水流), '물 흐르듯이'를 좋아한다. 나는 유수(流水), '흐르는 물이듯이'를 좋아한다. 얼굴의 그림자가 마음이듯 물의 그림자는 정(淨)하고 늘고 줌이 없다.

흐르는 물에 마음을 실으면 함께 떠가는 착각이 든다. 닿는 데로 지향 없이 흘러가는 풀잎에 눈이 실리면 호수처럼 마음이 잔잔해진다. 끝없이 흘러 흘러가 무아경에 드는 이 상념이 좋아 물을 좋아한다.

하염없이 떠가는 노란 꽃잎 달맞이꽃을 빼놓을 수 없다. 그리운 사람을 그리다 죽은 청상의 넋이 달맞이꽃이 되었다는 이야기. 서걱거리는 하얀 억새꽃도 강바람 속 그리움을 잉태한다. 노란 달맞이꽃과 하얀 억새꽃은 내 곁을 떠난 그리운 사람들을 그리게 하는 꽃들이다.

올해는 54년 만의 긴 장마에 한강 둘레길이 몇 번씩 통제되었다. 인명 피해도 많았고 수해로 온 나라가 술렁거렸다. 몇 번씩 물난리로 소용돌이치는 한강을 나가지 못해 몸살을 앓았다.

광복절에 소나기가 쏟아지다 멎었다 했다. 혼자 파란 우산을 쓰고 청담동 토끼굴을 지나 한강으로 나갔다.

잠실 선착장으로 가는 다리는 물이 잘랑거려 붉은 줄로 막아 놓았다. 거의 물에 잠겨 지하철 선로 다리 아래 물 경계 가로보까지 물이 찰랑찰랑 차올랐다.

솜털 같은 안개가 그 너른 한강을 휩싸 안았다. 회색 하늘, 둘레길까지 뿌연 안개가 눈앞에 가득했다. 한강 둘레길은 붉은 줄을 걷고 다닐 수 있었다.

안개를 카메라에 담으려고 나온 사진작가와 나, 둘레길을 걷고 있는 두 남자, 양재 지천에서 낚시를 하는 두 사람이 텅 빈 한강을 독차지했다.

인간이 어찌 물 같기를 바랄 수 있을까. 나는 물같이 살고 싶다는 바람을 안고 살아간다. 오늘 같은 날이 그날이다.

안개 속으로 혼자 겁도 없이 걸어 들어간다. 내 몸을 안개가 돌돌 말아 휩싸 안는다. 한몸으로 돌돌 말아 안은 안개와 같이 걷는다.

제2부

엄마의 징검다리

언제든 돌아가리라

엄마의 징검다리

감나무 가지에 머무는 바람

어머니 산소

시월이 간다

얼굴은 팥잎만 해가지고

눈물비 맞으며 건너던 강가

비발디 사계의 봄꿈

망각의 레테강

예천, 물 맑고 유서 깊은 고향

언제든 돌아가리라

수류(水流), '물 흐르듯이'인가, 유수(流水), '흐르는 물이 듯이'인가.

아침 강에 물안개가 피어오른다. 바람이 살짝 강물을 건드리자 건반 위 도레미송처럼 자르르 물주름이 흐른다. 납작한 돌을 주워 힘껏 물수제비를 뜬다. 핑그르르 튀다가 그대로 물속에 퐁당 빠진다. 어렸을 적 강가에서 물수제비뜨기 놀이를 즐겨했다. 돌로 물을 뜨면 널뛰기하듯 몇 번씩 치고 나갔다.

흐르는 물을 좋아한다. 참새 목을 축일 만큼 졸졸거리는 실개천이든, 동네 어귀를 구석구석 휘돌아 나오는 그랑(도랑)이든 흐르는 물이면 좋았다. 물살이 빠르게 여울지는 여울목도 좋았고, 멀리 수평선 너머 무량히 펼쳐지는 망망대해는 더 좋아했다.

흐르는 강물을 보고 있으면 어느 사이 내 몸도 하염없이 함께 떠간다. 닿는 데로 지향 없이 떠가는 풀잎에 눈을 실리면 호수처럼 마음이 잔잔해진다. 끝없이 이어지는 미지의 세계로 떠내려가듯 무아경에 드는 이 상념이 좋아 물을 좋아한다.

날마다 물을 바라보고 살 수 있다면 얼마나 좋은가. 손톱 끝의 생채기에도 냄비 끓듯 하는 마음이 싫고, 사유에 거슬리는 언어가 싫고, 정한에 집착하는 온갖 유정이 벅차서 흐르는 물을 그리워한다. 그 물에 모난 마음이 깎여서 동그라지면 또 얼마나 좋은가. 이처럼 '물과 노는' 것을 좋아하는 것은 철들기 전부터이지 싶다.

내 고향은 낙동강 700리 중허리쯤에 이르러 삼각주가 병풍처럼 둘러싸고 돌아가는 고장이다. 섭섭하게도 우리 동네를 가까이 흐르는 강은 없었다. 대구로 가는 남쪽 길목 외에는 어디를 가든 배를 타야만 외지로 출입할 수 있었다. 그래서인지 나는 뱃사공이 노를 저어 건네주던 강을 더 좋아한다.

방학을 하고 집에 갈 때는 언제나 배를 타고 강을 건넜다. 뱃전에 앉아 삐걱 삐걱 삐~걱~ 물살 가르는 노 소리를 들으면 객지에서의 고단했던 시름도 봄눈이듯 녹았다. 빠르지도 느리지도 않게 떠 있는 배가 고향의 너른 가슴이듯 편안했다.

1950년대 중반은 거의 다리가 없던 시절이어서 강을 건너려면 배를 타야만 했다. 배로 도강을 하는 것이 유일한 교통수단이었다. 그러나 도강비는 외지인 아니면 거의 외상이었다. 일 년에 봄가을 추수기가 되면 뱃사공이 이 동네 저 동네를 찾아 뱃삯 추렴을 다녔다. 얼마를 달라는 금도 없이 알아서 봄에는 겉보리, 가을에는 타작마당에서 나락(벼)을 요량해 됫박에 꾹꾹 쟁여서 주는 것이 상례였다. 궁핍한 시절이었지만 넉넉한 인심을 살던 때였다. 이제 삐걱 삐걱 삐~걱~ 노를 저어 유유히 떠가는 배의 모습은 먼 기억 속에 남아 있는 세시풍물이 되었다.

배를 떠올리면 아득한 세월 그림자에 자글자글 주름진 할머니의 예쁘장한 얼굴이 떠오른다. 할머니는 두레 밥상 머리에 앉아 식사를 할 때 식구들의 올라가는 밥숟가락 내려오는 숟가락을 센다. 식사 시간이 조금만 길어져도

배 옆구리까지 밥알을 꼭꼭 채울 수 있느냐고 성화를 대셨다. 허나 추수기가 되면 뱃사공을 기다렸고 뱃삯은 후하게 쳐서 주셨다. 고모네나 외가를 갈 때면 꼭 배를 타야 했기 때문에 항상 그들의 노고를 고마워하셨다. 타작마당에 자루를 들고 웃으며 들어서던 검게 탄 얼굴의 뱃사공들은 흐르는 세월에 실려 갔어도 아름다운 세시풍경은 아직도 기억 속에 아련하다.

강은 언제나 정(淨)하고 늘고 줌이 없다. 사람의 얼굴이 마음의 그림자이듯 강의 얼굴 역시 어제의 강물이 오늘의 강물이 아닐지라도 유구히 흘러간다. 강이나 바다처럼 흐르는 순리대로 삶을 살아가는 것이 인간의 아름다움이 아닐까. 사람은 아무리 퇴색한 세월이 쌓여 가도 추억할 지난날들이 있어 행복할 수 있는지 모른다.

내 고향 '흔전(欣田, 행정명 欣孝里)'은 흔전만전 지명이 말하듯 남향으로 논밭이 널려 있다. 가까이 강은 없지만 마을 동쪽에 어두운골(골이 깊어) 산을 막아 축성된 대흥지(大興池)가 있다. 산비탈에는 강남 갔던 제비가 오는 삼월 삼짇날 화전놀이 하던 예스러운 정자가 서 있다.

약속이나 하듯 여름 저녁은 못으로 몰려가 개헤엄도 치고 등물도 했다. 깔깔한 밤바람을 마시며 못 둑에 누워 하얗게 튀밥처럼 부풀어 오르는 은하별을 헤던 밤, 하늘에 꼭꼭 밝힌 그 많던 별들은 어디로 갔을까. 언제나 꿈꾸듯 헤맨다. 장마철에 앞 도랑물 철철 넘치고, 무성한 감나무 가지에서 맴맴맴 바리톤으로 떼창을 하던 매미 소리 그리워진다.

대학 시절 노천명 시인의 수필 《설야산책(雪夜散策)》에 나오는 "회색과 분홍색으로 된 천장을 격해 놓고 이 밤에 쥐는 나무를 깎고 나는 가슴을 깎는다"는 구절을 좋아한 나는 그의 수업을 들을 수 있어 기뻤다.

좋아하는 노천명의 시 〈고향(故鄕)〉의 일부다.

언제든 가리라
마지막엔 돌아가리라
목화꽃이 고운 내 고향으로

노천명 시인은 언제나 꿈꾸는 듯한 정연한 얼굴 그 모습대로 기억에 남아 있다. 이북 장연(長延)이 고향인 그는 다시 고향에 돌아가지 못하고 세상을 떠났다.

고향을 그리던 노천명 시인처럼 고향 하면 강이 생각나 언제나 내 눈물샘을 자극한다. 준교사 자격증을 정교사 자격증으로 바꾸는 수강을 포기할 만큼 방학 때마다 고향으로 달려갔다. 그 기억들까지 눈물겨운 향수로 남아 늘 그리움을 안고 살아간다. 나는 어쩌자고 큰 어른이 되어서도 고향을 못 잊는지 참 맹랑한 일이다.

물 흐르듯이 흐르는 물이듯이 흘러가는 물에는 그리운 내 유년 시절이 함께 흘러가고 있다. 언제든 마지막엔 고향으로 가고 싶다.

＊ 에세이문학 2021년 여름(통권 제154호) 20선에 선정

엄마의 징검다리

시린 바람이 부는 11월. 유택 정리를 서둘렀다.

인부들이 잔디를 걷어 내고 봉분을 열자 형체만 겨우 남은 관이 드러났다. 어머니는 육탈이 되어 곱게 누워 계셨다. 얼굴 윤곽은 그대로 남아 있는 듯 낯설지 않았다. 머리를 깊이 숙였다. 고요히 잠든 모습으로 편안해 보이시던 입관 때를 떠올리니, 어제인 듯 명치끝이 아팠다.

묘지 관리실에서 마분지 상자를 내놓았다. 하얀 한지를 깔고 소독저로 뼈를 한 조각 한 조각 거둬 담았다. 유골 상자를 앞좌석에 정중히 모시고 연화장으로 향했다. 멀어지는 봉분들을 하염없이 바라보며 사람의 한평생이 허깨비 같다는 생각을 했다.

아버지는 내 남동생을 잃은 아픔이 지병이 되어 동생 떠난 5년 뒤 세상을 떠나셨다. 내가 열 살이 되기 전이었다.

어머니는 젊디젊은 서른셋이었다. 흰 살결에 조금 어눌해 보였지만 초가지붕 위에 핀 환한 박꽃 같은 모습이었다. 바느질을 잘하셨다. 장날이면 염료를 사 화덕에 양동이를 얹고 손수 명주와 무명에 색색으로 물을 들였다. 다듬이 명주로는 곱게 반회장저고리를 지으시고, 검정 무명으로는 주름치마를 해 주셨다. 그리고 저고리는 동정이 꼭 맞게 물려야 단정해 보인다고 말씀하시곤 했다. 그 덕에 어렸을 적 옷을 정갈하게 잘 입는 아이로 남들의 부러움을 샀다.

생일 때 어머니는 미역국에 큼직한 대구 토막을 넣어 끓여 주시며 입버릇처럼 말씀하셨다.

"생일에는 큰 생선을 먹어야 큰 인물이 된데이."

공책에 연필로 꾹꾹 눌러 비뚤비뚤 써 놓았지만 외상값 셈도 잘하셨다. 누가 도움을 청해 오면 거절을 못하는 분이었다.

내가 고등학교 1학년 때였다. 시장 좌판에서 봉투를 팔며 혼자 사는 여자에게 없는 돈을 빌려서까지 주었다. 그 사람이 갚지 못하자 대신 갚느라 고생하셨다. 어린 내가 보기에도 못 받을 것 같아 한사코 말렸지만 듣지 않으셨다. 또 포목 소매상에서 도매상으로 늘려 가기 위해 준비했던 목돈을 이웃에게 빌려주었다가 사기를 당하기도 했다. 결국 형편이 어려워져 휴학을 해야 하는 지경에까지 이르렀다.

턱없이 남을 잘 믿는 무른 어머니가 못마땅했다. 반찬이 없으면 간장만 꼭꼭 찍어 먹고 살지언정 빌리는 것도 빌려주는 것도 하지 않으리라 다짐했던 게 그때부터였을 것이다. 온전히 혼자서만 살 수 없다는 것을 알았지만, 그때는 그렇게 야속할 수 없었다.

그러나 어머니는 어려운 사람을 돕고 싶어 했다. 이웃의 불행을 가슴으로 아파하는 천성적으로 후덕하였다.

어머니는 생활력이 잔디처럼 강하셨던 것 같다. 먹고 살기 위해 안 해 본 것이 없었으리라. 어렸을 적 외가가 서울로 이사해 잠시 살았던 적이 있다고 했다. 그때 서울물을 먹어서일까. 아버지가 여자일수록 공부를 해야 대접받고 산다며 유언처럼 말씀하셨다지만, 여자일수록 공부를 해야 한다는 일념으로 딸 뒷바라지를 하셨다. 그리고 평생을 당신 노력으로 사셨던 분이라 누구에게도 의지하지 않으려 했다.

"보따리를 이고 돌다리 건너면 얼마나 다리가 후들거리는지 아나?"

가끔 어머니가 그런 말씀을 하셨지만 그냥 흘려들었다.

추운 겨울 얼음물에 빠진 적은 없었을까. 빠진 발은 또 얼마나 시리고 아렸을까. 유택을 거두려고 하니 징검다리를 건너며 전전긍긍했을 모습이 사무친다.

어머니는 이런 말씀도 하셨다.

"야야, 나 죽거들랑 화장해래이. 좁은 땅덩어리에 조상 묘만 자꾸 만들면 어쩔라카노. 뼈는 강에 뿌리고."

"야야, 소원이 하나 있다. 돈을 많이 모으면 시골이나 산골에 징검다리 대신 시멘트 다리 하나 놓고 싶데이. 아무도 모르게 놓아서 지나다니는 사람들 편안코로 하고 싶데이."

어머니가 떠나셨을 때는 화장이 낯설기도 했고, 살아오신 흔적조차 남기지 않는 게 서러웠다. 보고 싶으면 자주 찾아 뵐 수 있기를 바라 고향도 아닌 안양공원묘지에 모셨다. 내 생각만 하고 소원을 들어 드리지 못한 것 같아

미뤘던 유택 정리에 나선 것이었다. 당신의 금쪽같은 외손자와 사위, 셋이서 유골을 화장해 산에 뿌려 드렸다. 저세상 가신 지 32년 만이었다. 이게 끝이구나 생각하니 텅 빈 가슴이 저려 왔다.

수술 후 조금씩 회복이 되던 날 아침이었다. 다시 부어오른 발등을 보이며 '또 이렇게 붓는구나' 쓸쓸해하시던 검불 같은 모습. 그날도 나는 따뜻한 위로의 말 한마디 할 줄 모르는 무심한 딸이었다. 하나밖에 없는 자식이 무슨 훈장이나 되는 듯 유세를 떨며 살았던 것이다.

새끼에게 뼈와 살을 먹이고 죽음을 맞는다는 가시고기와 다르지 않았던 어머니. 징검다리 대신 남몰래 번듯한 시멘트 다리 하나 놓기를 소원하셨던 어머니. 겨우 60여 생을 살다가 먼 길을 서둘러 떠나셨다. 사람의 한평생이 허깨비 같다는 것을 진작부터 터득하셨던 걸까. 당신의 깊은 뜻을, 당신 세상 뜨신 나이가 되어서야 조금씩 깨닫게 되었다.

생일날 바다에 사는 큰 생선을 먹어야 큰 인물이 된다며 지극정성이셨다. 큰 인물은커녕 반쪽짜리 인물도 못 되는 죄스럽고 한스러운 나의 삶. 징검다리 위를 아슬아슬 건너듯 한세상 살고 가신 어머니가 그리워진다.

어느새 어머니의 뼈를 뿌린 능선 너머로 해가 사위어 가는 빛을 모으고 있었다. 그 빛 사이로 홀연히 날아오르는 바람 기운. 젖은 눈으로 어머니의 바람을 보았다.

생전에 소원하시던 시멘트 다리. 그 소원을 이루어 드리지 못하고 있다. 늦지 않게 필요한 시골에 작은 시멘트 다리 하나 놓아, 이름을 '엄마의 징검다리'라 짓고 어머니 영전에 바치리라 옷깃을 여민다. 그리운 울 엄마.

* 지금은 지자체가 되어 표와 연결되기 때문에 다리 놓을 자리가 없다.
  어머니와의 약속을 지키기 위해 장학금으로 출연 중이다.

감나무 가지에 머무는 바람

하늘이 높아 간다. 무덥던 여름이 열기를 잃자 선들바람이 불어온다. 감나무 가지에 노랗게 감이 익어 간다. 마당에 나가 서성이는 시간이 매일 조금씩 길어진다.

처음 집을 지었을 때 심은 감나무가 10여 년 지나자 2층 지붕보다 더 높게 자라 무성하다.

늦은 봄이 지나자 하얀 감꽃이 피어 마당은 초록으로 짙어 간다. 넓은 잎이 무성해지면 매미가 한낮의 공기를 흔들며 울기 시작한다. 서울 한복판 우리 집 마당에서 듣는 유년의 매미 울음소리. 처음 들었을 때의 놀라움은 지금도 가슴을 설레게 한다.

큰 나무를 심어서인지 이듬해부터 단감이 열리기 시작

했다. 가을이 오면 삭막한 회색 건물 숲에서 수확의 기쁨을 안겨 주었다. 꼭대기에 달린 감은 까치밥으로 남겨 두는 즐거움. 이 가지 저 가지 옮겨 다니며 부산을 떠는 까치와 참새들의 지저귐. 나를 고향으로 달려가게 하는 판타지가 되곤 했다.

어릴 적 우리 집은 마을 앞 큰길에서 오른쪽 골목으로 창자처럼 꼬불꼬불 돌아 들어가 막다른 곳에 있었다. 집안에서는 '뒷큰집'이라 불렀다. 집이 크기 때문이 아니라 종손집이어서 그렇게 불렀다.

바로 앞집은 후대가 없어 사람이 살지 않는 빈집이었다. 담은 헐렸지만 뒤뜰에 여러 그루 먹감나무가 두터운 그늘을 내리고 서 있었다. 백여 호가 넘는 집성촌은 방학 때면 객지에서 돌아온 아이들로 활기를 띠었다. 빈집의 감나무 그늘은 여름 내내 우리의 모임 장소가 되었고 놀이터가 되었다.

놀다가 궁해지면 설익은 땡감으로 군것질을 했다. 감 중에서도 수분이 많고 떫은맛이 적은 것은 주먹만 한 먹감이었다. 돌 위에 놓고 주먹으로 내리치면 사방으로 감물이 튀면서 으깨어졌다. 으깨진 감 조각을 입에 넣고 떫은

맛을 줄이기 위해 소금을 곁들여 가슴을 탕탕 치고 문지르며 먹었다. 같은 감이라도 칼로 베어 먹으면 떫은맛이 더해 가슴을 더욱 답답하게 하였다.

밤이 되면 밭작물이나 나무에 달린 열매들, 먹을 것은 무엇이건 서리를 했다. 탐스러운 납작감이 주렁주렁 열려 있는 그 집은 우리 집안이 아니었다. 성이 다른 집으로 주인 여자가 나병을 앓고 있었다. 평소에도 그 집 공기 속에 병균이 옮아올 것 같아 두려움을 느끼던 집이었다. 감나무는 토담을 끼고 서 있었다. 가지가 휘어지도록 달린 감은 짚으로 이엉을 얹은 통시간 지붕 위에 늘어져 있었다.

달밤이었다. 푸르스름한 달빛에 이끌리듯 또래 셋이서 감을 서리하러 갔다. 통시 지붕 위에 올라 새가슴을 콩닥거리며 몽당치마폭에 감을 따 담았다. 잠결에 인기척을 느꼈던 것인지 주인 여자가 밖으로 나왔다. 감나무 밑에서 성냥불을 긋다가 다른 식구를 깨우러 다시 방으로 들어갔다. 그 사이 치마폭에 따 담은 감을 팽개치고 걸음아 나 살려라, 우리는 줄행랑을 쳤다. 잡혔을 때 나환자가 얼굴에다 상처를 문질렀으면 어쩔 뻔했을까. 두고두고 무서움에 떨었던 기억이 지금은 세월의 켜만큼이나 아련한 추억으로 남아 있다. (혹자는 이해 못할지 모르지만 그 시절에는 서리 풍습이 있었다.)

모든 것이 풍요해진 요즘은 서리 풍속도 사라진 지 오래다. 남의 작물이나 과일에 손을 대면 도둑으로 고발당한다.

이제는 과일도 순수한 토종 맛은 찾을 수가 없다. 사람들의 입맛도 변하고 과일 맛도 변했다. 단감이나 부사 같은 개량종이 슈퍼나 백화점 진열대에 넘치도록 쌓여 있는 것을 본다. 나 혼자 고향 맛이 아쉬워서 땡감이나 홍옥, 국광 같은 옛 맛을 잊지 못하는 것 같다.

'뒷큰집'인 고향집은 오래전 낡아서 허물어졌다. 탐스러운 납작감이 주렁주렁 열려 있던 그 감나무 집 사람들은 소록도로 갔다는 말을 들었다. 그 후의 소식은 아무도 모른다.

사촌도 남남이라는 시대에 살고 있어서일까. 나이를 먹을수록 고향 마을이 아스라하다. 이 윗대의 정겨운 얼굴들은 거의 떠나고 알아보는 얼굴들이 몇 없다. 오래전에 출가외인이 된 나 역시 낯선 타인이 된 지 오래다. 비록 가난했을지언정 온 집안이 한 가족처럼 도란도란, 화목하게 정 나누며 살던 그 시절이 그립다.

세월이 여울물처럼 흘러간다. 투박한 껍질로 고목이 되어 있을 고향 감나무. 변함없이 무설(無說)을 말해 주고 서 있으리라. 과하지도 부족하지도 말고, 그릇되거나 욕되지도 말자. 고향 감나무처럼 수연(粹然)하게 살기를 바라는 마음 간절할 뿐이다.

　아주 먼 곳에서 온 바람이 감나무 가지에 잠시 머물다가 다시 먼 곳으로 떠날 채비를 한다. 삶은 바람이라던가.

어머니 산소

싸락눈이 내린 아침이었다.

"당신, 장모님 산소에 언제 가려고 해? 오늘 갔으면 좋겠는데…."

몇 번이나 미루다가 남편의 연말 휴가가 시작되는 날 아침, 또 핑계를 댄다는 남편의 핀잔을 듣고서야 따라나섰다.

진눈깨비 내리는 묘역은 싸늘한 적막감이 깊은 우물 바닥처럼 가라앉아 있었다. 남편은 가지고 간 낫으로 산소의 마른 잡초를 베고 주위를 손질한다. 봄이 오면 새 잔디도 입히고 손을 봐야겠다고 혼잣소리를 한다.

예부터 사위 사랑은 장모라고 했다. 어머니는 생전에 하나뿐인 사위를 끔찍이도 아끼고 위했다. 지극정성이시던 어머니 마음을 잊지 못해서인지 남편 또한 한결같이 정성이 깊다. 일 년에 두세 번 혼자라도 찾아가는 남편이다. 한 점 혈육인 딸은 생전에도 그랬지만 불효하기 짝이 없는 자식이다.

멀리 산허리에서 밀려오는 안개 속에 선한 눈빛으로 손짓하는 듯 어머니의 환영에 잠긴다.

아버지는 내 남동생을 잃은 슬픔이 지병이 되어 세상을 떠나셨다. 어머니는 서른셋에 청상이 되어 철없는 딸 하나를 거두며 온갖 고생으로 얼룩진 힘든 세상을 살다 가셨다. 딸이 버릇없는 아이로 자랄까 봐 마음을 놓지 못하였다. 애지중지 속으로 사랑을 묻으시고 늘 엄격함을 보이셨다.

키니네(금계랍)가 나오기 전까지 말라리아 환자가 많았다. 나는 어렸을 때 여름이면 해마다 말라리아를 앓았다. 어머니는 며칠씩 꼿꼿이 밤을 지새우며 나를 지키셨다. 어머니의 따뜻한 손길을 이마 위에 느끼면 안심하여 잠들곤 했다. 재채기만 크게 해도 행여나 근심에 젖곤 하셨다.

어머니는 서러움을 달래듯 바느질을 즐기셨다. 내가 중학교 입학시험을 치러 갈 때였다. 흰 칼라에 검정 선을 두른 세일러복을 밤을 새워 만들어 입히시곤 흐뭇해하셨다. 어린 시절 나는 시골 아이답지 않게 옷을 정갈하게 잘 입는 아이였다.

그리고 어눌한 외양 때문인지 어머니는 버스를 탔다 하면 소매치기를 당했다. 그땐 왜 그리 소매치기가 많았는지. 차마 거절을 못하고 남에게 빌려준 돈은 거의 받지 못해 손해만 계속 보았다.

그러나 어머니는 항상 남을 돕고 싶어했고, 주변 사람의 불행을 가슴 아파하는 참으로 천성이 후덕한 분이었다.

거물거물 안개 속 같은 눈을 가진 소의 모습은 어딘가 한구석 모자란 듯 선한 어머니를 연상케 한다. 숱한 역경과 좌절을 겪으면서도 우직한 소처럼 순응하며 다시 시작하셨다.

돌이켜보면 평생 동안 어머니에게 받기만 하고 무엇 하나 해 드린 게 없다. 2년여 우환에 계시는 동안도 간병인을 두어 내 손수 수발 한 번 제대로 해 드리지 못했다. 퇴원해 조금씩 회복되던 날 아침 다시 부어오른 발등을 보이며 슬픔에 잠기시던 어머니. 불효 여식은 회한으로 가슴을 적신다.

60여 생의 길지 않은 삶을 인고와 희생으로 살다가신 어머니. 어머니의 사랑은 큰 강물이 되어 내 가슴에 영원히 살아 흐를 것이다.

돌아오는 길이다. 진눈깨비는 함박눈으로 바뀌었다. 들새 한 마리가 차 소리에 놀라 뿌연 차창 밖 산자락으로 날아오르고 있다. 묘지에 고이 잠든 넋인가!

어머니는 그리움인가.

어머니… 하염없는 그리움에 앞이 보이질 않는다.

시월이 간다

산소에 가려고 집을 나서는데 큰아이가 동행하겠단다. 눈에 넣어도 아프지 않을 만큼 애지중지하던 외손자였으니 어머니가 나보다 더 반기실 것 같아 함께 나섰다.

도심을 벗어나자 들녘에는 황금물결이 출렁인다. 깡통을 주렁주렁 매달은 허수아비가 양팔을 흔들며 삐딱이 서 있다. 그 우스꽝스런 모양은 예나 지금이나 다름없는 것 같다. 가수 송창식이 팔을 벌리고 '왜 불러'를 부를 때의 허수아비가 떠올라 웃음이 났다.

밀짚모자 대신 등산모를 쓰고 미니 원피스를 입은 허수아비도 서 있다. 변하지 않은 것이 거의 없는 주변에 남아 있는 우리 자화상이 아닐까.

큰아이와 앞서거니 뒤서거니 논둑길을 걸어간다. 콩대가 줄지어 가을볕에 익어 간다. 낯선 발걸음에 놀란 메뚜기가 벼이삭 속으로 숨어든다. 어릴 적에는 망아지처럼 쏘다니던 논둑길이었다. 세월을 산다는 것은 소중한 것들을 잃어버리는 시간이 아닌가 하여, 물이 뚝뚝 떨어질 것 같은 시퍼런 하늘에 눈길을 보낸다.

과천을 지나 안양에서 42번 국도변 묘역으로 들어서기 전 화원에서 국화분을 산다. 어머니는 국화꽃을 좋아하셨다. 흰 꽃이 없어 보라색 화분을 고르고 큰아이가 값을 지불했다.

묘역은 쓸쓸했다. 수백 기의 영혼들은 말없이 하늘에 뜬 구름을 벗 삼아 새소리 바람 소리에 고즈넉하기만 하다.

동남쪽을 바라보며 야산 능선이 병풍처럼 둘러싸고 있어 묘역으로는 그리 좋을 수 없는 산세라며 다녀가는 사람들이 입을 모았다. 이름난 풍수가 아니라도 얕은 골을 따라 논밭이 펼쳐진 시야는 조용하고 편안해 사후 쉴 집으로는 더없이 좋은 곳으로 보였다.

20여 년 세월이 훌쩍 지나가 버렸다. 어머니를 이곳에 모실 때만 해도 빈자리가 많았는데 지금은 거의 없다.

묘지 환경도 많이 변했다. 안산으로 가는 수인선 산업도로가 공원 묘역 앞을 지나고, 중장비가 동원되어 뚫고 메우고 마무리되지 않은 샛길 공사가 한창이다.

국화분에 물을 꾹꾹 눌러 채웠다. 한 달쯤 피어 있을까? 간단한 주과(酒果)를 앞에 놓고 아들은 두 번, 나는 네 번 절을 한다.

얼마 만에 보는 어머니 봉분은 낮아지고 잔디가 숭숭하다. 장마 때마다 씻겨 내려 자손이 없는 유택처럼 보인다. 이곳에 얼마나 계실지 모른다고 절기마다 미루었던 것이다. 내년 봄에는 잔디도 입히고 어떻게든 봉분을 손질해야겠다는 생각을 한다.

처음에 이곳에 모실 때는 가까운 곳에 두고 자주 찾아뵙기를 작정하고 한 일이다. 어머니는 화장을 원하셨는데, 날이 갈수록 어머니 뜻에 따르는 게 도리일 거라는 생각이다. 요즘은 인구 절반에 가까운 사람들이 매장보다는 화장을 원한다지 않는가.

어머니 곁에 다리를 펴고 앉아 마음을 내려놓고 쉰다. 수많은 유택들을 하염없이 내려다본다. 참 많은 죽음이 이곳에서 쉬고 있구나! 오른쪽 옆자리에 시선이 머문다. 어머니가 이곳에 오시기 전전날 그곳에 묻힌 29세에 요절한 봉분이다. 눈발이 날리던 정월 매서운 바람 속에 젖은 황토를 덮고 누워 있었다. 얼마나 추울까 싶었다.

젊은 사람이 옆에 있어 조금은 위로가 되고 더 이상 늙지 않아 좋을 거라 생각하며 애달파하던 시간이 어제인 듯 떠오른다.

비석에는 '산은(産銀)에 근무했고 한 점 혈육을 남겼다'고 쓰여 있다. 어떤 사연으로 채 피지도 못하고 꽃 같은 아내와 딸을 두고 이승을 하직하였을까. 남의 일 같지 않게 관심이 갔다. 언제나 가 보면 방금 갖다 놓은 싱싱한 화분이나 꽃다발이 놓여 있었다. 잘 가꾸어진 주변의 손길은 애절한 사랑이 서려 있는 듯 눈시울을 붉히게 했다.

세월이 많이 흐르기도 했지만 몇 년 전부터 꽃이 보이지 않고 묘가 황량해져 간다. 비석에 쓰여 있던 그 딸아이도 지금쯤은 스무 살이 훌쩍 지나 결혼할 나이가 되었을 것이다. 요즘은 아무도 다녀간 흔적이 없다.

어떤 문우가 외딸로 자라 의지할 피붙이가 없다는 것은 아무리 나이를 먹어도 뒤가 허전하다고 쓴 글을 보았다. 동병상련의 아픔이랄까. 나는 그분의 마음을 안다. 한 점 혈육이란 언제나 혼자이고 쓸쓸하다. 가족이 있고 내 핏줄을 이어받은 아들딸을 낳아 길러도 외로운 바다에서 홀로 헤엄치듯 서러움이 목까지 차오를 때가 있다.

비석에 새겨 있던 이름 석 자를 무심히 보아 넘길 수 없었다. 요절한 유택을 그냥 지나치지 못하는 마음이다.

내 나이, 어머니가 세상을 떠나시던 나이에 이르렀다. 죽음은 어떤 것일까, 생각할 나이가 된 것이다. 가까운 가족이나 혈육을 떠나보냈을 때 누구든 처음은 정신을 잃을 만큼 비통해한다. 세월이 약이라고 시간이 흐르면 산 사람은 어떻게든 살게 되어 있다. 인명도 가고 세월도 가고 정리도 가는 것일까. 남은 자의 슬픔도 산 자의 생활에 묻혀 잊혀져 가는지 모를 일이다.

다시 국화분에 눈길을 주고 하늘을 쳐다본다. 막 씻어 놓은 배춧잎처럼 물이 뚝뚝 떨어질 것 같은 가을 하늘이다.

시월이 간다.

얼굴은 팥잎만 해가지고

어릴 적 꽤나 떼를 썼던 것 같다. 그럴 때면 어머니는 늘 같은 말로 나를 나무라셨다.

"성질머리하고는, 얼굴은 팥잎만 해가지고…"

내 소갈머리 좁은 게 팥잎처럼 작은 얼굴 때문인 듯 콩잎도 아니고 왜 하필 팥잎일까. 나무라시는 어머니의 말씀이 싫었다. 되직한 된장에 푹 질러 노랗게 삭은 콩잎장아찌는 먹음직한 별미였다. 팥잎은 콩잎 크기의 반이나 될까. 그나마 결이 뻣뻣하고 깔끄러워 콩잎처럼 먹지도 못한다. 내 얼굴이 싫었다. 덩치도 크고 얼굴도 커야 우선은 먹을 것도 많고 넉넉해 보이지 않는가.

내 작은 얼굴은 아버지를 닮았다. 흰 피부는 어머니에

게서 물려받은 것 같다. 작은 눈은 아니지만 그렇다고 어머니처럼 크지도 않다. 그중 얼굴 양 옆에 균형을 잡아 주는 두 귀는 마음에 든다. 부처님 귀를 닮은 것 같기도 하고, 여직 나만큼 귓밥이 두꺼운 귀를 본 적이 없는 것 같다. 때문인지 어렸을 적 어른들로부터 얼굴에 밥알이 붙어서 의식주 걱정 없이 잘살 거라는 말을 들었다고 어머니는 곧잘 말씀하셨다.

어머니는 반달처럼 눈이 크고 얼굴이 희어 박꽃같이 환한 분이었다. 그 맑고 큰 눈만 닮았더라면 내 인생도 달라지지 않았을까 싶어 웃을 때가 있다.

팥잎만 한 얼굴 때문인지, 나는 첫인상이 차갑다는 말을 많이 듣는다. 매사 컴퓨터라는 소리를 들을 만큼 꼼꼼하고 정확한 편이다. 낯가림이 심해서 이 나이가 되도록 선선히 인사도 먼저 못한다. 맺고 끊음이 너무 분명한 것도 흠이라면 흠이다. 옆에 사람이 질릴 것 같아 요즘은 나도 싫을 때가 있다.

'피부미인'이라는 말이 있다. 피부가 인상을 70퍼센트 좌우한다는 뜻이다. 나 역시 피부가 희다는 말을 듣는 것은 고마운 일이다. 그 피부 때문에 나이를 적게 보아 제대로 예우를 받지 못하는 것은 기분 좋은 일만은 아니다. 동인으로 만났지만 서로 선배라고 착각해 인사를 놓치고 어색한 적도 있었다.

자화상은 삶의 나이테다. 부모님께서 물려주신 것보다 어떻게 살아왔는가가 중요하다. '사리를 너무 가르려 들지 말라'는 글을 보았다. 나를 두고 하는 말 같았다. 순하고 부드럽고 편안한 얼굴이었으면 싶다. 사람들과의 관계를 잘하며 유여(有餘)한 삶이었으면 좋겠다. 호박에 줄 긋는다고 수박이 되겠냐마는.

얼마 전 문우로부터 '수선화꽃 같다'는 과분한 찬사를 들었다. 두 번째 수필집 《검은 넋 눈꽃으로 피는가》를 읽고 글과 얼굴이 닮았다는 것이다. 부끄러웠다.

아무리 성형 공화국이지만, 성형으로도 할 수 없는 것이 그 사람 마음이다. 그 인품이다. 할 수만 있다면 부모님에게 받은 만큼 마음과 품위를 곱게 곱게 다스려 나갔으면 좋겠다.

눈물비 맞으며 건너던 강가

고향 풍양면은 육지 속 섬 같은 곳이다. 낙동강 세 갈래 강줄기가 한곳에서 만나 여울져 흘러가는 삼각주다. 면 경계의 3분의 2를 낙동강이 싸안고 돌아 나간다. 대구로 가는 신작로가 육로일 뿐이다. 다른 지방에 가려면 어디든 배를 타고 강을 건너야만 들고날 수 있었다.

지금은 비행장이 생겨나고 김포공항에서 40여 분이면 도착할 수 있다. 강나루마다 다리가 놓여 서울에서 버스로 3시간이면 닿는다. 하지만 40여 년 전 서울을 오가는 길은 불편하기 짝이 없었다. 대학 입학금을 마련해 등록하던 때를 생각하면 그 절박하고 처연했던 마음을 잊을 수가 없다.

20여 년 전 영국 여왕이 우리나라를 방문했다. 여왕의 생신을 가장 한국적인 고장 안동 하회마을에서 보내기 위해서였다. 1999년 4월 21일 특별 전세기가 예천비행장에 내렸다. 우리 고장이 세계적인 뉴스의 초점이 되어 텔레비전 화면에 며칠간 방영되었다. 지난날을 생각하면 격세지감이 아닐 수 없다.

외지에서 태어났기에 철들고 고향에서 산 햇수는 초등학교를 졸업할 때까지였다. 그것이 순수한 어릴 적 그리움으로 남아 사무치는 글을 쓰게 된다.

'말의 씨가 자라 문서가 된다'는 말이 있다. 아버지는 생전 당신 딸이 훌륭한 선생님이 되기를 원하셨다고 한다. 병이 깊어 바깥출입을 못하시던 때도 집 안에서 곧잘 나를 업어 주셨다. 딸일수록 귀하게 키워야 남에게 귀한 대접을 받는다며, 생선도 가운데 토막을 먹이라고 하셨다는 말씀이었다. 그래서인지 어릴 적부터 나는 꼭 공부를 해야만 하는 아이로 자랐다.

중학교 선발 국가고시에서 높은 점수를 받았다. 몇 개 면을 합쳐서 본 시험장에 여학생은 나를 포함해 단 둘뿐이었다. 6·25전쟁 중이기도 했지만 그 시절 시골에서는 여자에게는 교육의 기회가 거의 주어지지 않았다.

나는 대구에서 여중고를 졸업했다. 원하던 대학에도 입학할 수 있었다. 하지만 대학 진학은 입학금을 준비해 등록하는 일부터 난감했다. 그 무렵 어머니는 잠시 쉬는 사이 사업자금을 이웃에게 빌려주었다가 사기를 당하고 말았다. 그렇다고 서울 유학을 포기할 수는 없었다.

그때는 대학 입학 등록 기간을 합격자 발표 후 3일밖에 주지 않았다. 지방 학생들은 등록을 하려면 서둘러야 했다. 서울 진학을 한사코 만류하시던 어머니였지만 합격하자 재종숙에게 장리로 놓았던 벼 열 섬 값을 받아 등록하라고 허락해 주셨다.

대구에서 서둘러 버스를 타고 6시간여 만에 고향에 도착했다. 집안 아재는 가을이 아니라고 다음에 주겠다고 했다. 애걸복걸하여 겨우 마련한 돈 10만 환을 받았을 때는 등록 마감 전날 저녁 7시쯤이었다.

그때는 물론 고향에서 서울 가는 버스가 없었다. 40리 거리인 상주까지 걸어가야만 서울행 버스를 탈 수 있었다. 외등이나 찻길이 밝은 시절도 아니었다. 시골 밤은 더 일찍 오고 어둠은 더 깊었다.

단발머리 소녀가 그 소중한 입학금을 몸속에 감추고 서둘러 길을 출발했을 때는 칠흑 속에 찬비가 내리기 시작했다. 위험하다며 어머니를 알던 이웃 분이 마침 또래 남자 동행을 딸려 주었다. 겨울처럼 추운 밤이었다. 중도에 낙동강을 건너야 했다. 자고 있는 뱃사공을 깨워 겨우 배를 타고 강을 건너 상주에 도착했을 때는 통행금지 준비 사이렌이 울리고 있었다. 입구에서 함께 온 동행을 돌려보냈다. 그리고 나는 하룻밤 잠자리를 찾아야 했다. 막 통금이 시작된 낯선 밤거리에서 홀로 세상 밖으로 떠밀려 헤매던 때를 생각하면 지금도 어제인 듯 우울해진다.

무서워서 벌벌 떨며 혹시 문이 열린 곳이 있을까 어두운 밤거리를 헤매는데, 구원의 불빛 하나가 눈에 들어왔다. 담장 사이로 서 있는 지프차가 보였다. 차가 귀한 시절이었다. 3월에 선거가 있었던 것으로 기억된다. 어린 마음에도 차가 있을 만큼 부유한 집이라면 나를 해치지는 않을 것이라는 생각이 들었다. 용감하게 그 집 대문을 두드렸다. 인기척을 듣고 나온 사람은 남자였다. 그에게 새벽차를 타야만 하는 사정을 이야기하고 재워 줄 것을 부탁했다. 고맙게도 나를 가정부 방으로 안내해 주었다.

사람들의 마음이 각박하거나 메마르지 않은 시절이어서 경계를 하지 않아도 되었던 게 아닌가 한다. 지금처럼 세워 놓고 코 베먹는 사람을 만났더라면 어떻게 됐을까. 상상만 해도 끔찍하고 가슴을 쓸어내리게 된다.

　다음 날 새벽 서울행 버스를 타고 오후 늦게 마장동 시외버스터미널에 도착했다. 마감 시간 몇 분이 지나서야 겨우 대학의 마지막 등록자가 될 수 있었다. 텅 빈 교정을 나오며 그때부터 입학금을 내는 만큼이나 힘들고 고단한 서울에서의 학창 시절이 시작되었다.

　40여 년 전 눈물비를 맞으며 건너던 강가에 서 있다.

　단발머리 소녀가 입학금을 안고 강을 건너던 때, 노를 저어 주었던 뱃사공은 지금쯤 어디에 흘러가 있을까? 이름은 잊었지만 그때 찬비를 맞으며 동행해 준 남자아이는 어디서 살고 있을까?

　새로 세워진 상주 풍양 머릿자, 상풍교 위로 학생들이 자전거를 타고 지나간다. 와와, 아이들 웃음 속에 강물이 실려 간다.

비발디 사계의 봄꿈

복학해서 제일 먼저 들른 곳은 학과 우편함이었다. 몇 달이 지난 세 통의 편지가 꽂혀 있었다. S가 보낸 것이었다. 편지를 펼쳤다. '안 선생'이라고 쓰여 있었다. 호칭이 거슬렸지만 싫지는 않았다.

일 년 만에 놀아온 교정은 여전히 온갖 꽃이 흐드러졌다. 학생들의 옷자락은 나풀대는 나비처럼 팔랑거리고, 그 봄 속에 있는 내 마음도 팝콘처럼, 비발디 사계의 봄꿈처럼 부풀어 올랐다.

자췟집을 구하고 수강 신청을 하느라 정신없었다. 겨우 짬을 내 S에게 편지를 썼다. 호칭이 문제였다. 생각 끝에 '벗에게'라고 썼다. 처음부터 친구의 선을 넘지 말라는 금을 그어 놓았다. 우리는 친구가 되었다.

S가 처음 찾아온 것은 대구에서 고등학교를 졸업할 무렵이었다. 대학 문제로 갈등을 겪고 있던 때이기도 했지만 문전에서 돌려보냈다. 그는 형을 따라 인근 군(郡)에서 학교를 다녔기에 동창도 아니었다. 고향에서는 그의 아버지가 면장이어서 누구네 아들 정도로만 알 뿐, 모르는 사람이나 다름없었다. 그러고는 곧 잊어버렸다.

그 후 S대 학생이 되어 있었다. 어떻게 알았는지 학과까지 알아내 다시 나에게 편지를 보낸 것이었다. 휴학한 줄도 모르고 답장이 없으니 계속 보낸 것이다.

복학한 대학 생활은 녹록지 않았다. 강의도 들어야 하고, 공민학교 아이들을 가르치는 교사까지 겸하고 있어 몸이 둘이라도 시간이 모자랐다. 교장은 아이들 수업에 지장을 준다며 대학이냐 직장이냐, 선택할 것을 매일같이 강요했다. 그럴 때 편지를 주고받을 친구가 있어 위안이 되었다. 둘 다 편지 쓰기를 좋아했지만, 일기를 쓰듯 한 달에 두어 번 대학 생활 내내 편지가 오갔다. 받은 편지만 50여 통 되었지 싶다.

그는 농대가 있는 수원에, 나는 서울에서 학교를 다녔지만 만나지는 않았다. 친구를 데리고 자췻집으로 한 번 찾아온 적은 있었다. 그리고 방학 때 고향에서 한두 번 만난 게 전부였다. 마땅히 만날 곳도 없어 여름에는 초등학교 운동장 느티나무 그늘에서, 겨울에는 추위를 피해 텅 빈 교실에서 한두 시간 이야기하고 돌아오곤 했다.

어느덧 졸업 때가 되었다. 하필이면 그의 대학 졸업식 날과 내 초등학교 친구 결혼식 날이 겹쳤다. 나는 영주에서 친구 결혼식 축가를 부르기로 약속이 되어 있었다. 고민하다 결혼식에 가느라 졸업식에 참석하지 못했다. 다음 날 돌아와 보니 집에 찾아와 편지 한 장을 놓고 갔다.

'축하 꽃 한 송이 들고 온 여자 친구가 없어 얼마나 실망했는지 모른다'는 원망과 섭섭함이 절절했다. 고향도 멀고, 몇 번째 아들이니 부모님도 오시지 않았으리라. 후회했지만 이미 늦은 후였다. 그리고 그것이 마지막 편지가 되고 말았다.

대학을 졸업하고 결혼을 앞두고 있을 때였다. 분칠하지 않은 내 마음이 고스란히 담겼을 편지를 돌려받고 싶었다. 고향에 갔다가 집안 동생의 자전거 뒷자리에 앉아 밤길 오 리를 달려 편지를 찾으러 갔다. 그러나 그는 나타나지 않았다. 동생을 통해 돌아온 대답은 편지가 없다는 것이었다. 그 후 이름마저 잊어버렸다.

얼마 전 50여 년 만에 내가 보낸 편지를 한 친구에게서 돌려받았다. 그 편지를 읽다가 책장에서 묵은 먼지를 덮어쓴 편지 한 묶음을 찾아냈다. 보낸 사람 얼굴을 떠올리며 편지를 분류했다. 아무리 뒤져도 90여 통 중에 S에게서 받은 편지는 한 장도 없었다.

S가 친구와 찍은 사진 한 장을 보낸 적이 있었다. 그게 정혼(定婚)을 앞둔 사람의 눈에 띄었다. 아직 그 사진이 있느냐는 한마디에 버렸다. 몇 장은 남겨 둔 것 같은데, 결혼 후 그마저 버린 모양이었다. 오랜 세월 이름도 잊고 살았지만 아쉬워서 재 속 불씨를 찾듯 기억 속 조각(편린)들을 한 조각 한 조각씩 꿰맞추어 본다.

'읽던 책, 학교에서 있었던 일, 처음 내 답장을 받고 놀라서 아이처럼 경기할 뻔했다는 얘기, 독백처럼 써 보낸 내 글이 좋아 그 대학신문에 실어볼까 했다. 아예 국문학과로 전과하는 게 좋겠다는 얘기, 어떤 편지에서 나는 세상에서 육친의 사랑밖에 믿지 않는다고 썼던가 보다. 무슨 생각에 그 말을 썼느냐고 다그치던 기억, 아무리 고생

스러워도 대학원에 진학해서 학업을 계속해 주위의 기대를 저버리지 말라는 격려' 등 참 많을 것을 썼던 것이다.

함박눈이 펄펄 날리던 날, 초등학교 교실에서 만났을 때였다. 직접 작사 작곡한 '그리워' 악보를 들고 나왔다. 오래되어 분명치는 않지만 노랫말이 '소년이 한 소녀'를 그리워하는 뭐 그런 것이었다. 칠판에 오선지를 그리고 가사를 적어가며 함께 불렀다. 창밖에는 하염없이 눈이 내려 쌓이고 있었다. 그날 받은 그 악보마저 남아 있지 않았다.

3년여 동안 오간 두 사람의 편지를 합하면 100여 통은 될 것이다. 그 편지가 한 조각 휴지에 불과했다는 게 믿을 수 없다. 그 시절만 하여도 이성 간에는 우정이 존재할 수 없다고 했다. 그나 나나 무척 이기적인 사람이고 또 완고한 사람임에 틀림없다. 인연이 아니었다고 하면서도 비발디 사계의 봄꿈 같던 나날들을 잊지 못하겠다. 그나 나나 팔순에 가까울 것이다. 건강하게 행복하게 잘 살고 있기를 빈다.

'벗이 서로 착한 일을 권한다'는 붕우책선(朋友責善) 같은 친구는 될 수 없었을까. 비발디 사계의 봄꿈 같은 벗 손○호, 그립다.

망각의 레테강

'레테강'은 망각의 강이다. 그리스 신화에 나오는 레테강은 영혼이 이승을 떠날 때 건너는 강이다. 그 강을 건널 때 뒤돌아보면 영혼이 길을 잃는다. 이승에의 애착, 연을 끊지 못하고 영혼이 구천에서 갈 길을 잃는다는 것이다.

레테강을 건너며 이승을 망각한다는 것은 다행한 일이다. 두고 간 미련 때문에 시커먼 귀신들이 제 자식 잘되게 하려 칼부림이라도 벌어진다면 어쩌겠는가. 현세보다 더 아비규환이 될 것 같아 생각만 해도 끔찍하다.

아버지는 병석에 계실 때 집안 어른들이 병문안을 오면 보기 싫어 돌아누우셨다고 한다. 그리고 내가 죽으면 저 놈들 다 잡아갈 거라고 하셨단다. 보기 싫은 사람을 저승에서 마음대로 잡아간다면 윤회의 험악한 회오리를 또 어떻게 감당할 것인가. 그런 이유로 망각의 레테강은 필요한 강이다.

요즘은 꽃상여 대신 리무진을 타고 마지막 길을 떠난다. 생전에는 타 보지 못했지만 죽어서라도 호사스럽게 떠나라는 의미다. 오방색 만장 앞세워 이웃과 마지막 작별 인사 나누며 떠나는 길이 호사스럽지 않을까.

창문을 열고 하늘바라기를 한다. 달은 언제나 하늘에 뜬다. 초승달, 보름달, 하현달, 그믐달로 뜬다. 나는 보름달, 그믐달보다 초승달을 좋아한다. 눈썹 같은 초승달은 보름달로 가는 징검다리 달이다.

"인제 가면 언제 오나, 워와 워와."

상여 요령 소리는 언제 들어도 슬프다.
구슬픈 요령 소리는 이웃의 작별 인사
어두운 길 밝혀 망각의 '레테강'을 건너는 길
상두꾼이 메고 가는 꽃상엿길이 덜 외롭다.

음력 6월 초, 아버지가 떠나실 때도 앳된 얼굴의 초승달이 떠 있었다. 날선 바람을 안고 눈썹 같은 초승달을 쳐다본다. 아버지가 떠나신 햇수보다 곱곱의 세월이 흘러 흘러갔건만, 어제인 듯 그리워한다.

망각의 레테강을 건너신 아버지는 그곳에 잘 계신지. 어제인 듯 그리워져 하늘바라기를 한다.

예천, 물 맑고 유서 깊은 고향

'예천, 물 맑고 유서 깊은' 고향을 떠난 지 70여 년이다. 잊힐 리 없는 영원한 내 마음의 고향이 눈에 서린다.

예천은 경북 내륙 지방에서도 오지 중 오지다. 태백산과 소백산 자락에 위치한 예천은 낙동강이 삼각으로 에돌아 흐르는 특성 있는 고장이다.

삼국시대에는 신라 최북단으로 물과 술의 합성어 수주(水酒)라는 현이었다. 예천으로 부르기 시작한 것은 통일신라 경덕왕 16년(757)이다. 그 후 여러 차례 다른 이름으로 바뀌어 고려시대는 맑은 물이 흐르는 고장 '청하'라 불렀다. 조선 태종 16년(1416)에 와서야 예천으로 옛 이름을 다시 찾아 오늘에 이르렀다.

신라시대 수주(水酒)에서 이름이 바뀐 예천(醴泉)은 단술 예(醴), 샘 천(泉)으로 술맛을 달게 하는 샘이라는 뜻이다. 고려시대 지명 '청하'는 맑은 물이 흐르는 고장이다. 맑은 물이 흐르는 '청하'는 토양이 맑으니 공기가 깨끗하다. 술이 달고, 물이 맑고, 공기가 깨끗하다. 즉 예천의 삼청(三淸)이다. 예천군에 물맛이 단 단천면(甘泉面)이 있는 것으로 보아 천연의 지형적 요건을 자연스레 갖추었다고 볼 수 있다.

예부터 예천은 고유의 전통문화를 꽃피우고 많은 인재를 배출한 충효의 고장으로 회자되었다. 역사와 전통이 살아 숨 쉬는 예천은 문화유산과 산자수려한 아름다운 고장이다. 지금까지도 유교문화의 전통이 혼례에 남아 있는 고장이라 할 수 있다. 이처럼 낯설지 않게 하는 고장은 여행객에게 처음일지라도 아늑하고 편안하게 느낄 수 있는 고장이 되어야 하는데, 예천이 그러하다.

낙동강은 백두대간 지류 곳곳에서 발원한 물들과 합수해 1,300리(521.5km) 길을 흐르고 흘러 경북 지역 곳곳으로 흘러간다. 이 과정에서 그 지역에 맞는 문화와 자연조건을 형성했다. 그중에서도 상류지역 높은 산 골 깊은 계곡에서 흘러드는 물이 금빛 백사장을 만들어 예천 문화의 젖줄인 북부 내성천을 만들어 냈다. 이렇게 금빛 백사장으로 흐르는 내성천이 굳건한 문화를 꽃피우게 한 것이다.

내성천을 돌아 수주, 청하에서 예천으로 이어지며 유구한 역사를 자랑하는 명승지도 많다.

회룡포, 삼강주막, 석송령(石松靈), 용봉향교, 무이서당(여주이씨 고장), 옥천서원, 장안사, 보문사, 명봉산 등이다. 현대 시설로는 진호국제양궁장과 예천온천장이 있다.

예천군 용궁면에 위치한 회룡포는 처음에 의성포라 부르다 다시 회룡포로 바뀌었다. 2005년 8월 문화재청으로부터 '국가지정 명승지'로 지정됐다.

회룡포는 강이 마을을 싸안고 돌아 흐르는 특이한 강이다. 예천읍을 에놀아 나오는 낙동강 지류인 내성천 맑은 물이 용궁면에 위치한 회룡포 마을을 부둥켜안고 용틀임하듯 돌아 흐른다. 강이 용틀임하듯 마을을 안고 돌아돌아 흘러 좁아진 허리께를 한 삽만 푹 뜨면 양쪽으로 갈라져 섬이 되는 물도리 마을이 형성된다. 주변을 둘러싼 산과 어우러져 흐르는 회룡포는 하늘이 굽어 내려 주신 예천군의 명승지라 할 수 있다.

KBS 인기 드라마 '옥이 엄마'와 '가을동화'(2000년)의 초기 배경으로 나온 아름다운 곳이기도 하다. 회룡포의 아름다운 경관은 마을 안으로 들어가서는 볼 수 없다. 마을 안은 여느 시골과 크게 다를 바 없는 전형적인 농촌 마을이다. 그 전형적인 농촌 마을을 안고 강물이 에돌아 어우러져 흐르는 회룡포는 자연이 주는 한 폭의 아름다운 풍경화를 연출한다. 회룡포의 진면목은 비룡산(200m) 기슭에 자리 잡은 장안사 뒤편에 있는 팔각정 전망대에 올라야 더 잘 볼 수 있다.

중학교 3학년 1학기 국어교과서 속표지에 회룡포 사진이 실려 있다. 아쉽게도 지명이 빠져 있어 그동안 모르고 지내 왔다. 안동 하회마을을 돌아 나오는 물도리도 아름답다. 그러나 용궁면 무이마을 앞을 흐르는 회룡포는 신비로운 비경에 견줄 만하다고 할 수 있다. 자연이 주는 천혜의 선물이고 예천의 자랑이다.

예천군 감천면 천향리에 있는 석송령(石松靈, 천연기념물 294호)은 수령 600년 된 소나무다. 일명 반송, 부자나무로 마을의 안녕을 기구하는 동신목(洞神木)으로 보호받고 있다. 수고(樹高) 12m, 그늘면적 324평, 흉고(胸高) 직경 4.2m, 밑기둥이 어른 팔로 세 아름이다. 옆으로 쭉쭉 뻗은 10여 개의 가지를 석조 기둥 20여 개가 받치고 있다.

전하는 말에 의하면 약 600년 전 큰 홍수가 났을 때 석간천을 떠내려 오던 나무를 석평(石坪) 마을 사람이 건져 이 자리에 심었다. 그 후 1930년경 이 마을에 살던 이수목(李秀木)이란 사람이 영험 있는 나무란 뜻으로 '석송령'이라 이름 지었다. 그리고 자기 소유의 토지 1,191평을 상속 등기해 주었다. 이때부터 수목으로는 유일하게 세금을 내는 토지를 가진 부자나무가 되었다.

나이가 비슷한 속리산 정이품송(천연기념물 103호)은 수고 15m, 둘레 4.5m로 좌우 대칭이 곧은 수형을 이루었다. 수평으로 뻗어나는 석송령과는 대조적이다. 속리산 정이품송은 영양주사를 맞아야 할 만큼 야위어 간다. 석송령은 용이 되어 승천할 날을 꿈꾸듯 반송의 날개가 싱싱하다. 나무는 지금도 잘 자라 신령스러운 기운을 품고 있어 부귀, 장수의 상록수로 상징된다.

'목탈심상(目脫心常)'이라고 했다. 자연을 눈으로 보지 말고 마음으로 보라는 뜻이다. 식물이나 사람이나 좋은 연을 만나면 좋은 동량이 되고 좋은 일생이 되는 것이라고 본다. 끈질긴 생명력이 경이롭고 내력 또한 감동적이다. 사람이나 미물이나 초목이나 생명 있는 것은 보이지 않는 생명률의 신의 계시가 있다고 생각된다. 모르기 때문에 더 신비하고 두려울 때가 있다.

다음은 '장안사'와 '용문사', 우리나라에 마지막 남은 '삼강주막'을 따라가 볼까 한다.

분단 이전 금강산의 장안사는 이은상 선생의 시에 홍난파 작곡가가 곡을 붙여 가곡으로 더 잘 알려진 곳이다. 이와는 별개로 예천의 내성천 주변에도 장안사와 용문사가 있다. 북의 장안사는 분단으로 나눠져 갈 수가 없다. 남과 북의 두 장안사는 같은 이름이어서 우리에게는 더 그리운 이름이다. 통일의 그날이 있을까?

예천의 용문산(782m)은 높은 산은 아니다. 천년 고찰 용문사가 자리하고 있다. 예천읍에서 40여 리 북쪽에 있는 이 산은 걸어 올라가야 계곡 물소리와 산의 운치를 제대로 느낄 수 있다. 산 입구에서부터 울울창창 거목 사이 일주문을 걸어 올라야 흐르는 물소리도 절집의 목탁 소리도 들을 수 있다. 그러나 건물들이 1984년 5월 화재로 일부가 타버렸다. 다시 복원되었지만 옛 정서의 역사적 무게는 찾아볼 수 없다 할 것이다.

내 고향 예천군 풍양면에 속하는 삼강리 '삼강주막'은 우리 시대 마지막 남은 주막이다. 낙동강, 내성천, 금천이 합류하는 삼강나루에 세워진 삼강주막은 1900년께 들어섰다고 전해 온다. 이 나루가 한창 붐볐을 때는 소 6마리를 태울 수 있는 큰 배와 작은 배 2척이 왕래했다. 일제 말기까지는 소금배 상인과 보부상이 주고객이었다. 소금배가 끊긴 후에는 서울, 대구 등 외지로 가려는 과객들로 붐빈 곳이었다.

'삼각주'라는 지형이 말해 주듯 어디를 가든 배를 타고 상을 건너야 하는 육지 속 섬 같은 고장이다. 70년대에 다리가 놓이고 제방이 생기면서 인적마저 끊어졌다. 다시 2004년도에 제대로 된 삼강교가 개통되면서 자연스런 풍광마저 사라졌다.

이외 예천에는 2000년에 개장한 우리나라 최고를 자랑하는 알카리수 예천온천이 있다. 지하 800m에서 용출되는 원천수를 100% 제공하는 온천이다.

보문사, 명봉산 등 보물급 문화재를 소장한 곳이 많다. 무이서당(여주, 여광이씨 시댁 마을), 용봉향교, 옥천서원, 진호국제양궁장 등도 볼 만한 곳이다. 특히 무이서당은 양반 고장이라고 하듯이 21세기인 작금에도 반상(班常)의 문화가 남아 있는 고장이다.

다음은 꿈에도 잊힐 리 없는 내 고향 풍양면 흔효리다.

경상북도 예천군 풍양면 흔효리(欣孝里, 欣田)가 내 고향이다. 나는 1951년 풍양초등학교를 졸업했다. 그해 중학교 입학시험(1951년)은 국가고시로 치렀다. 차가 없던 시절 고향 풍양면에서는 시험장이 있는 예천군까지 60여 리나 되어 너무 멀어서 시험을 볼 수 없었다. 배를 타고 삼강을 건너 30리 거리인 용궁면까지 걸어갔다. 다음 날 용궁초등학교에서 그 학교 학생과 풍양초등, 두 학교 학생이 함께 시험을 봤다.

기억이 희미하지만 그 시절은 100명 잠자리가 없었을 것이다. 풍양면 분교까지 3개의 초등학교 졸업생 100여 명의 남학생은 용궁초등학교 운동장에 멍석을 깔고 잤지 싶다. 여학생은 나 혼자여서 정복수 담임 선생님과 빌린 방에서 잠을 자고 시험을 봤다. 그때 시험을 함께 본 풍양초등학교 동창 악동들은 어디로 흘러가 있을까.

고향을 떠난 지 70여 년이 흘렀다. '예천, 물 맑고 유서 깊은' 고장, 예천군 풍양면 흔효리(흔전), 잊힐 리 없는 내 마음속 고향을 그리워한다.

아! 그때가 옛날이 그리워 눈물이 난다.

제3부
눈꽃으로 핀 검은 넋

창가에 걸어 둔 고요

눈꽃으로 핀 검은 넋

물인 듯 눈물인 듯 슬픔인 듯

갓바위

봄 숨소리

슬프지만 따스한 이별

빨간색 우체통

편지 빛

경건한 의식의 가계부 쓰기

창가에 걸어 둔 고요

가을이 왔다.

도무지 물러설 것 같지 않던 불볕더위가 풍선에 바람 빠지듯 물러난다. 옆으로 길게 누워 있는 구룡산 능선이 촘촘한 빌딩 사이로 야윈 얼굴을 내민다. 열탕에 끓던 건물노 온기를 잃고 거리에는 어느새 낙엽이 쌓인다.

풀 먹인 이불깃처럼 하얗게 바랜 하늘, 이제야 살았다는 듯 사방에서 숨죽이던 풀벌레의 움직임이 서걱거린다.

얼마 만에 오르는 산인가. 단풍이 지천이다. 산은 어제 얼굴이 오늘의 얼굴이 아니다. 몇 년째 보아 온 산이지만 시시각각 다른 풍경이다. 시시때때 변하지만 어찌 그리 정연한 얼굴을 하는지. 푹푹 빠지는 가랑잎의 유혹에 걷잡을 수 없는 심신을 묻고 황홀경에 빠져든다. 온갖 수심 걷어 내고 내 한 몸도 가랑잎처럼 가벼울 수 있으면 얼마나 좋을까.

내 삶의 낙엽은 어떤 빛으로 물들일까. 인간은 자신의 허물을 모르고 살아간다. 낙엽을 보면서도 자신의 빛깔을 보지 못하는 눈뜬장님인지 모른다.

무주(無主). "지혜로운 이는 아무것에도 머무르지 않는다."《숫타니파타》의 한 구절이다. 변화하는 만물의 이치를 거슬러 집착하는 데서 인간은 고통을 겪는다는 뜻이 아닌가.

가을은 채우기 위해 비우는 계절, 비우기 위해 채우는 계절, 순환은 숨 쉬는 만물의 순교가 아닐까 싶다. 우리의 삶은 세월을 한 걸음도 되돌릴 수가 없다. 순리를 따라가지 못하는 인간의 마음이 어지러이 허공을 맴돌 뿐이다.

자연에는 신령심의 윤회가 실려 있다. 숲에 고요가 내리면 현란한 잎을 떨어뜨린 나무도 겨울 산에도 침묵이 내려 겨울잠에 들 것이다. 겨울잠은 찬란한 눈뜸을 기다리는 봄을 위한 긴 휴식이다.

흩어지는 낙엽을 주우며 이 가을을 아쉬워한다. 허둥대며 고요하지 못한 내 삶을 아쉬워한다. 다시 새봄을 기다리며 숲의 고요한 자락을 뚝 떼어 집으로 가져와 창가에 걸어 둔다.

눈꽃으로 핀 검은 넋

오랜만에 태백시를 찾았다. 40여 년 전 우리나라 최대 탄광지대였던 그곳은 남편의 첫 직장이 있던 곳이기도 하고 서툰 신혼살림을 시작한 곳이기도 하다. 아이 셋도 그곳에서 낳았으니 기억의 저편에는 늘 빛바랜 사진처럼 남아 있다.

처음 살던 사택부터 찾아 나섰다. 내 기억 속에 남아 있는 옛 사택들은 간 곳이 없다. 그 자리에 저층 아파트 몇 채가 스산했던 지난날의 흔적을 지우려는 듯 무심히 서 있었다.

반장 직급의 사택은 방 두 개에 부엌이 딸린 슬레이트 연립주택. 똑같은 규모의 회색빛 집들이 큰길 아래 일렬

횡대로 줄지어 서 있었다. 겨울은 자고 나면 집 안의 물사발이 얼고 창에는 하얗게 성에가 끼었다. 그런 집에서 남편의 연탄 곤죽이 된 작업복을 빨았다. 세탁기는 생각조차 못하던 시절. 야근을 하는 날은 도시락을 두세 개씩 싸야 하는 일도 만만치 않았다. 나중에 라면이 나와서 수고를 덜어주어 얼마나 좋아했는지 모른다.

서울을 오가는 일도 쉽지 않았다. 멀리 영주까지 돌아서 가는 강릉행 중앙선 기차를 타야 했다. 청량리역을 출발한 기차는 굴속을 들어갔다 나왔다. 태백 준령을 굽이굽이 돌아 열 시간이 걸려서야 철암역에 도착했다.

전국 곳곳으로 실려 갈 검은 탄이 산더미처럼 쌓여 있었고 높은 산맥이 겹겹이 둘러싸고 있는 그곳. 하늘은 빠끔히 열린 차일 넓이만큼이나 됐을까. 철암역에 내려서도 다시 버스를 타고 한 시간쯤 더 가야 그곳에 닿았다. 땅도 하늘도 모두 검정색이었다. 집들은 낡고 넝마 같았다.

검은 바람이 불고, 검은 탄 비가 내리고, 검은 냇물이 흐르는 고장, 그곳 아이들은 그림을 그리면 냇물도 검게 칠했다. 흰옷을 입을 수 없었다. 그곳에서 볼 수 있는 흰 것은 눈밖에 없었다. 그 눈도 폭설이 내리지 않는 한 내리

자마자 사람들 발에 밟혀 금세 연탄 곤죽이 되어 버리는 것이었다.

친정어머니가 오실 때마다 안타까워하곤 하셨다.

"야야, 적게 벌어서 적게 먹고 살면 안 되나. 이게 어디 사람 사는 꼴인가."

나는 사택 찾는 걸 그만두고 석탄박물관이 있는 당골로 갔다. 동양 최대 석탄박물관이란 이름답게 잘 정돈되어 있었다. 수직갱과 수평갱 그리고 사갱, 미로같이 얽힌 갱도가 도면으로 상세하게 그려져 있는가 하면, 땀을 뚝뚝 흘리며 곡괭이로 탄을 캐는 광부들 모습, 시커먼 탄가루를 뒤집어쓴 채 도시락을 먹는 사람들, 웃고 있는 입속에서 유달리 하얀 이빨과 눈만 제외하면 그것이 연탄인지 사람 얼굴인지 구분이 안 갈 정도였다.

광부들의 애환을 잘 보여 주려고 애쓴 흔적은 보였지만 지난날 우리가 살아낸 그 스산하고 열악했던 삶의 현장은 있지 않았다. 박제된 과거의 이야깃거리가 목숨을 내놓고 살았던 많은 사람들에게 무슨 위안이 될까 싶었다.

남편은 공대를 나와 석탄공사 공채시험에 합격했다. 취직이 되었다는 사실만으로도 축복이던 시절이었다. 하지만 남편은 광산을 좋아하지 않았다. 그의 희망은 수학자가 되는 것이었다. 현실 앞에서 그건 꿈일 뿐, 공대를 택한 것은 그나마 취직이 쉬웠기 때문이다.

현장 반장은 3교대로 채탄을 독려하는 감독직이었다. 기계나 사람이나 두더지처럼 일만 하던 시절. 남편은 눈이나 비가 오는 밤은 한밤중에도 일어나 주섬주섬 작업복을 챙겨 입고 막장으로 나가곤 했다. 혹시라도 방심해서 일어날지 모르는 사고를 막기 위해서였다. 남편이 맡은 갱에서는 5년 동안 사고가 일어나지 않았다.

휴일도 한 달에 이틀이 고작, 막상 노는 날이 되어도 갈 곳이 없었다. 텔레비전도 없었고 문화생활은 꿈같은 이야기였다.

그 무렵 탄광은 사고가 잦았다. 70년내만 해도 믹징 지주를 나무로 썼다. 지하 1,000미터 되는 수직갱은 더욱 위험했다. 100미터 내려갈 때마다 지열이 높아져 광부들은 숨쉬기도 힘들 만큼 땀을 비 오듯 흘리며 탄을 캐야 했다. 그런 작업 환경이었으니 광부들이나 가족들이나 항상 마음을 졸여야 했고, 하루하루 무사를 비는 마음으로 생활해야 했다.

막장에서 사고가 났다는 소식은 언제나 벼락치듯 날아들었다. 갱이 무너져 사람들이 갇히면 도시는 납덩어리 같은 공기에 짓눌리고 모든 것이 정지되었다. 온 신경이 막장으로 모여지지만 가족들은 정작 울음소리조차 낼 수 없었다. 구조작업이 시작되어 시신이 들것에 실려 나올 때는 참았던 절규가 도시를 흔들었다.

그런데 신기한 것은 아무도 죽음의 땅, 그곳을 떠나지 않는다는 것이었다. 그곳만이 하루의 양식과 따뜻한 잠자리를 보장해 줄 수 있기 때문이었다. 그들은 내일이 없는 하루살이 군상 같았다.

60년대 최고의 성과를 내는 산업기관이었지만 어느 해던가 월급이 석 달씩 밀린 적도 있었다. 월급이 나오면 그동안 못 마신 한풀이라도 하듯 술에 취했다.

"막장 인생, 따라지 귀신."

"저승사자 어서 나와라."

고래고래 소리 지르고 눈물을 흘리며 거리를 휩쓸었다.

그들의 절규는 비수로 한밤의 공기를 찢는 듯 도시를 팽팽하게 했다. 그러나 다음 날은 아무 일도 없었던 듯 순한 양처럼 다시 막장으로 내려가곤 했다.

직업에 귀천이 없다지만 그건 가진 자들의 말뿐이라는 것을 현장에서 보았다. 광산의 열악한 환경이나 고된 삶은 시간이 가도 나아질 것 같지 않았다. 남편은 현장 과장으로 5년 동안 무사고였으니 진급할 것이고 생활은 걱정 없었다. 그러나 그곳을 떠나고 싶어 했다. 나도 마찬가지였다. 회사의 만류에도 불구하고 탄광 생활을 접고 우리는 8년 만에 그곳을 떠났다.

몇 년 전 어느 날이었다. 저녁을 먹고 거실에서 텔레비전을 보고 있던 남편이 손으로 탁자를 탁 쳤다. 설거지를 하다가 깜짝 놀라 부엌에서 나왔다.

"나도 수학을 공부했으면 저런 수학 참고서를 낼 수 있었을 텐데."

글썽거릴 정도로 비감한 그런 그의 얼굴을 나는 처음 보았다. 텔레비전에서는 《수학의 정석》이 50년 가까이 학생들의 필독 참고서로 아성을 지켜 왔다는 뉴스가 나오고 있었다.

남편은 수학 실력이 뛰어났다. 고등학교 시절, 학교까지 왕복 40리 길을 걸어 다녔다. 등교 시간에 맞추려면 별 보고 나갔다가 별을 보며 집으로 돌아왔다고 했다. 그러면서도 틈만 나면 호롱불 밑에서 수학 문제를 풀곤 했다는 것이다. 수학 선생님도 못 푸는 문제가 있으면 물어올 정도였다고 한다. 졸업한 지 20년이 지난 후에도 그 고등학교에서는 재학생들에게 남편 이야기를 들려주었을 정도였단다.

그렇게 자기가 하고 싶은 것을 할 수 없었던 아쉬움 때문에 광산을 더 떠나고 싶어 했는지 모를 일이었다.

남편은 요즘 S연구소에 출근하고 있다. 폐광이 된 곳곳의 광맥이나 금맥을 도표로 정리해 두는 일에 참여하고 있다. 지금은 채산성이 떨어져 문을 닫았지만 다른 부존자원이 없기에 언젠가는 다음 세대가 다시 이용할 수도 있다는 것이다.

우리는 가히 꿈같이 변한 세상에 살고 있다. 목숨 걸고 일한 밑바닥 인생의 고통과 좌절, 슬픔 위에서 피워 낸 꽃이 아닐까 생각된다.

더듬이로 어둠을 캐는 올빼미 같은 사람들, 맛이 간 생선처럼 초점 잃은 눈빛들, 얼굴에 탄가루를 뒤집어쓰고 시커먼 작업복을 입고 거리를 걷던 유령 같은 사람들. 그들을 떠올리면 누군가 꼭 해야 할 일을 한 사람들이 있었기에 가난에서 벗어날 수 있었다.

강원도에 올해도 폭설이 내렸다. 하얗게 눈 덮인 겨울 산을 보고 있으면, 열심히 일하던 남편의 젊은 날이 생각난다. 60년대도 한 길이 넘게 내려 쌓이곤 했다. 아이들이 태어난 후 서울에 들렀다가 돌아갈 때는 침대칸이 있는 밤 기차를 타곤 했다. 기차가 긴 굴속을 빠져나와 새벽녘 철암역에 도착하면 눈앞이 하얗다.

"국경의 긴 터널을 빠져나오자 눈의 고장이었다. 신호소에 기차가 멈춰 섰다."

가와바타 야스나리의 '설국'이 나타난 듯 하늘은 하얗다. 첩첩 산등성이는 흰 꽃밭이었다. 바람 끝에 이는 눈송이는 너울너울 춤을 추고 있었다.

그런 날은 어둠에서 밝은 세상을 꿈꾸며 살던 탄광 사람들 얼굴에도 눈꽃이 피어났다. 검은 땅에서 하얀 눈을 그리워하던 삶, 눈꽃으로 핀 검은 넋이 아닌가. 숙연해진다.

물인 듯 눈물인 듯 슬픔인 듯

부신 햇살에 산수유가 자라고 있다. 한 뼘 남짓한 묘목을 대모산에서 가져와 남편이 베란다 화분에 심었다. 산수유는 내가 좋아하는 꽃이다.

다하지 못한 마음을 보여 주듯 남편은 아픈 몸으로 말없이 챙겨 주려 애썼다. 10여 년이 지났지만 정성이 부족해서인지 자라지 못하고 꽃이 피지 않았다. 지난가을 아파트로 오기 전 살던 건물 옥상으로 옮겨 심었다. 햇살을 받자 십여 송이 노란 꽃을 피워 냈다.

사람은 가도 어김없이 봄은 온다. 꽃샘바람이 차지만 창밖은 살아 있는 생명들이 아우성치는 봄이다. 청담동 토끼굴을 덮은 흙지붕 위에 샛노란 개나리와 산수유가 피어 있다. 강 둘레길에 벚꽃비가 하얗게 흩날린다. 봄강에는 꽃물이 잘랑거린다. 그러나 내 마음은 겨울 한가운데에 머무른다.

그해는 유난히 추운 겨울이었다. 30여 년 만의 혹한에 그날도 한강은 꽁꽁 얼어 있었다.

휠체어에 앉혀 병실을 나섰다.

2인실 긴 복도를 지나 강물이 흘러가는 창가로 갔다.

"강물이 보이지?"

고개를 끄덕한다.

"강물이 두껍게 얼었지요?"

다시 고개를 끄덕한다.

"난 간다."

"어딜?"

"집에."

남편과 내가 나눈 마지막 말이었다.

탈수가 심해 다음 날부터 말문을 닫았다. 하고 싶은 말을 못하고 일그러지던 새하얀 얼굴, 얼굴, 얼굴…. 죽음은 그 사람의 어떤 모습도 다시는 볼 수 없다. 그 사람의 얼굴을, 목소리를 들을 수 없고, 휘청휘청 걸어가는 뒷모습을.

간절히 집에 오고 싶어 했는데, 두 사람이 오고가던 한강을 혼자 걷는다.

물인 듯 눈물인 듯 슬픔인 듯, 강물은 흘러간다.

갓바위

저녁 9시 작은 배낭을 메고 가벼운 등산복 차림으로 집을 나선다.

기차가 빽빽한 건물들을 빠져나간다. 휘황찬란한 불빛이 기차를 줄줄이 쫓아온다.

자정이 지나자 소란스럽던 기차 안에 외로움처럼 어둠이 내린다. 차창을 통해 촘촘한 별빛을 보며 해방감에 잠긴다.

1992년 11월 늦가을, 친구와 둘이서 밤 기차를 타고 대구에 있는 팔공산 갓바위를 다녀왔다. 그 후 비가 오나 눈이 오나 거르지 않고 매달 혼자서 찾아간다. 남편과 아이들은 밤길 떠나는 게 위험하다며 친구들과 동행하기를 바란다.

나는 잡다한 생활에서 벗어나 자신을 돌아보고, 나만의 염원을 가지고 싶어 혼자 떠나기를 고집한다.

4시간여 지나 한밤중 동대구역에 내린다. 부산, 인천, 동두천, 멀리는 포천, 전국에서 온 사람들이 갓바위를 오르기 위해 이곳을 거쳐 간다. 그 사람들 중에는 아들을 미국에 유학 보내고 남대문시장에서 장사하며 15년째 다니는 오십이 넘은 아주머니가 있다. 왜관에서 식당을 하는 육십이 넘은 할머니는 아픈 다리를 끌며 명문대에 다니는 아들을 위해 다닌 지 10여 년 되었다고 한다.

우리는 매달 만나는 낯익은 얼굴들로 일행이 된다. 택시를 합승해 20분쯤 달려 팔공산 능선 아래턱에 내린다. 정상까지는 2km 거리다. 들숨 날숨을 몰아쉬며 쉬지 않고 어두운 밤길을 한 시간 정도 올라야만 한다. 한번 오르고 집에 오면 다리에 알통이 조인다. 며칠씩 몸살을 앓는다.

정상에는 거칠 것이 없다. 맑은 날에는 몇 발자국 하늘에 가까이 닿아 달과 별의 내밀한 언어를 함께 듣는다.

갓바위 부처님은 화강암으로 깎아 만든 갓 모양의 평평한 조각을 머리에 이고 정상 위에 정좌해 계신다. 몸이 아픈 사람이나 마음이 아픈 사람을 부처님 손길로 제도해 주시는 약사여래불상이다. 성심을 다해 지극정성이면 한 가지 소원은 꼭 성취하게 하는 영험한 부처님이라고 사람들은 입을 모은다.

촛불을 켜 놓고 향을 피우고 공양미를 올린다. 수많은 사람들이 그 앞에서 소원을 빌며 절하고 또 절을 한다.

삶이 고단하거나 마음이 약해졌을 때 종교나 신에 의지하고 싶은 마음이 생긴다. 부처님 앞에서 내 남편, 내 자식, 내 무엇만을 잘되게 해 달라고 빌고 비는 사람들. 얼마나 나약한 존재인가. 3천 배를 해야만 부처님이 한 번 돌아볼까 한다는데, 큰아이를 위해 108배를 한다.

3남매 중 큰아이는 세 살 때부터 4, 5년간 근육이 굳어지고 심하면 장기까지 굳어진다는 경피증 희귀병을 앓았다. 남편과 나는 이 아이를 안고 한의, 양의 할 것 없이 명의를 찾아 전국을 찾아다니며 키운 아이였다.

초·중·고 12년 동안 학업 성적이 뛰어나게 우수했으나 원하는 대학에 입학하지 못해 역술인에게 물어본 적이 있었다. 두뇌가 명석하여도 사주에 나쁜 게 있어 어릴 때는 성치 않았고 원하는 대학에 좋은 결과를 얻지 못했다는 말을 들었다. 그것이 가시처럼 목에 걸려 팔공산을 오르고 내렸다.

그 아이가 대학을 졸업한 지 3년이 지나고 지금은 사회 구성원으로 훌륭하게 성장했다. 하지만 지금도 입시철이 되면 나는 가슴에 한기를 느끼고 맨살에 소금을 뿌리는 아픔을 겪는다.

7년 동안 부적을 몸에 지니는 게 좋다고 했다. 매년 새 부적으로 바꾸어 지니게 했다. 이 아이를 위해 이곳에 인등을 밝혀 놓은 지 7년째가 되었다.

매달 정상에 오르며 갓바위 부처님 앞에 밝혀 놓은 아이 이름 등불을 보며 안도한다. 10년 동안은 인등을 켜 놓으리라. 꺼지지 않는 불빛을 밝혀 질곡 없이 한 생을 살아 주기를 애절한 마음으로 오늘도 간구한다.

지난 시절 우리 할머니, 어머니들은 자식을 위해 공을 들일 때 한밤중 냉수 목욕을 하고 장독대 앞에서 정성을 들였다. 인적이 없는 깊은 산속 사찰에서 치성을 올렸다. 강물처럼 흐르는 모성이란 멍에를 지고 숙명처럼 살아가는 것이다.

갓바위를 오르내리는 동안 내 자리에서 밀려나는 지천명의 나이가 되었다. 10년, 얼마나 더 오를지 모른다. 쇠잔해

오르지 못할 때까지 가파른 돌계단을 오르고 내리리라 간구한다.

사람들이 오가며 쌓아 놓은 돌탑에 돌 하나를 얹어 놓고 내려온다. 산 그림자 짙은 골짜기에 하얀 새벽이 오고 우뚝우뚝 서 있는 나무들 사이로 산새가 날아간다.

노오란 산수유 꽃잎에 바람이 지나간다.

봄 숨소리

산에 들에 봄이 온다.

꽁꽁 얼었던 강물이 풀린다. 백여 년 만의 혹한을 이겨 낸 나뭇가지에 새싹이 돋는다. 제주에서 시작해 남도를 따라 뭍으로 오른 꽃소식. 매화마을에 매화가 피고, 산수 유마을에 산수유가 핀다. 이 강산에 봄이 숨을 쉰다.

산수유꽃을 좋아한다. 잔설이 성성한 이른 봄 먼저 꽃 눈 트는 꽃이다. 연약한 잎눈보다 강인함이 좋다. 한약재 에 쓰이는 빨간 열매를 좋아한다. 꽃잎은 4~5mm 잘디 잘다. 오이씨같이 작아도 산수유는 작은 고추가 맵듯 몫 을 다하는 유익한 꽃이다.

나이를 더할수록 기호가 변하듯 좋아하는 꽃도 변한다.

어렸을 때는 5월의 산과 들에 무더기로 피는 향긋한 아카시아꽃을 좋아했다. 자잘한 안개꽃도 좋았고, 우리나라에서는 백두산에만 핀다는 솜다리꽃도 좋아했다. 생각해 보니 내가 좋아한 꽃들은 모두 하얀색이다.

일상을 벗어나고 싶으면 혼자 밤 기차를 타고 대구에 있는 팔공산 갓바위를 오른다. 한밤중에 갓바위 부처님께 정성을 들이고 오면 몸과 마음이 맑아지고 그리 평온할 수가 없었다. 10여 년 넘게 거의 매달 한 번, 그곳을 오르내렸다.

희끗희끗 눈 덮인 가파른 하산 길, 산 그림자 짙은 골짜기에 하얗게 동이 트는 새벽. 노란 산수유꽃 피는 봄 숨소리를 들으며 오르내렸다.

꽃잎에 지나가는 싸하는 바람 소리, 마른 풀잎처럼 주저앉을 것 같은 내 외로운 발걸음을 가볍게 했다. 10여 년 새벽 산을 오르내리는 동안 산수유는 내가 좋아하는 꽃이 되었다.

베란다 화분에 산수유 한 그루가 자라고 있다. 남편이 부실한 몸으로 심은 것이다. 내가 좋아하는 것을 챙겨 주려 말없이 애썼다. 못다 한 마음을 보여 주는 것 같아 가슴이 아팠다. 아직은 묘목이지만 꽃이 피기를 기다리며 정성으로 물을 준다.

유리창에 햇살이 부신다. 꽃샘바람이 차지만 창밖은 살아 있는 생명이 활짝 피어나는 봄이다.

버들은 푸르고 꽃은 붉다(柳綠花紅).

생동하는 봄 정경에 놀란 소동파의 시구다.

개나리, 진달래, 목련, 벚꽃, 복사꽃이 한꺼번에 핀다. 울긋불긋 꽃대궐에 놀라지 않을 사람 있으리. 사람은 떠나도 사계절은 변함없이 돌아온다. 봄, 여름, 가을, 겨울 돌고돌아 윤회를 한다.

우울했던 긴 겨울 털어 버리고 늦기 전에 가슴 가득 찬란한 새봄을 맞으리라. 사람도 훌훌 털고 아픈 몸을 벌떡 일으킬 수 있는 생명이었으면 좋겠다.

봄 피어나는 새봄의 숨소리를 온몸으로 마중해야겠다.

슬프지만 따스한 이별

가을 무논에는 골뱅이가 많았다.

아이들은 신발을 벗고 맨발로 논에 들어가 바닥에 납작 엎드린 골뱅이를 주웠다. 나는 발등에 달라붙는 거머리가 무서워 논에 들어가지 못하고 발만 동동 굴렀다.

고둥 속을 후벼내 고추장에 무쳐 먹는 골뱅이 속실은 내가 좋아하는 반찬이었다. 그런 나를 위해 할아버지는 시린 무논에 들어가기를 마다하지 않으셨다. 아이들보다 많은 골뱅이를 건져 올 때는 할아버지가 자랑스러워 팔짝 팔짝 뛰었다.

여름이면 나에게 겉보리 자루를 들려 원두막으로 갔다. 겉보리와 바꾼 노란 참외를 깎아서 손에 쥐어 주셨고, 빈

자루에 올망졸망한 참외를 담아 돌아왔다.

장날이면 놋대접에 개장국을 사들고 와서 식구들을 보신시키기도 하셨다. 틈만 나면 3년여 먼저 떠나신 할머니 산소에 가서 풀을 뽑고 계셨다.

흰 수염 길게 늘어뜨린 할아버지는 76세까지 사셨다. 그 시절엔 장수하셨다는 말을 들었다. 보통 체격에 여자처럼 아담한 얼굴, 긴 담뱃대를 손에 들고 계시던 할아버지. 술을 좋아해서 얼굴이 늘 불그레하고, 눈언저리가 젖어 있어 슬퍼 보였지만 안온한 분이셨다.

자라면서 할아버지가 한 그루 뽕나무 같다는 생각을 했다. 그 나무는 미루나무처럼 크지도 않고, 플라타너스처럼 무성하지도 않다. 필요한 만큼 가지를 뻗어 비바람을 견뎌 내는 농촌 들녘에서 쉽게 볼 수 있는 뽕나무. 잎은 누에의 먹이가 되지만 오디는 어릴 적 내가 좋아하던 군것질거리였다.

내가 원하는 것을 말없이 챙겨 주시던 할아버지. 아무리 잘못하는 일이 있어도 누구를 꾸짖는 법이 없으셨다. 집안에서 큰소리를 내거나 화를 내는 모습을 본 기억이 거의 없다. 아버지의 빈자리를 채워 주시던 할아버지가 계셔서 행복한 어린 시절을 보냈던 게 아닌가 한다.

고등학교 때였다. 여름방학이 끝나 대구로 가는 날 할아버지께 인사를 드리러 사랑으로 갔다. 대소변을 받아낼 만큼 병이 위중하셨다.

지금 돈으로 치면 아마 2,3천 원 되지 싶다. 꼬깃꼬깃 접은 지폐를 앙상한 손에 쥐어 드리며 무슨 마음이었는지 그때 이렇게 말했다.

"할배요, 맛있는 것 사 잡사요."

"데끼, 나보고 맛있는 거 사 먹으라고."

"날보고 맛있는 거 사 먹으라고."

두 번이나 되뇌며 울먹이셨다.

그게 내가 할아버지를 뵌 마지막 모습이었다.

그 시절 우리 집안은 수명이 짧은 내력으로 거익 환갑을 넘기지 못한다고 하였다. 할아버지는 외아들 앞세운 수명까지 물려받아 오래 사신다는 말을 들었다. 참척(慘慽)의 아픔이 얼마나 견디기 힘들었을까 싶다.

오랜 세월이 흘렀지만 할아버지의 울먹이시던 마지막 검불 같던 모습이 잊히지를 않는다. 그리고 내 나이 할아버지 세상 떠난 나이보다 더 흘러 눈물이 난다.

인과에 의하면, 생에서 가장 좋은 인연은 할아버지와 손자 사이의 인연이라고 한다. 그래서일까, 할아버지의 마지막 모습은 슬프지만 따스한 이별로 기억에 남아 있는 것이다.

빨간색 우체통

5월 달력이 걸려 있다.

'소중한 당신과의 만남을 매일매일 기다린다'는 메시지 옆에 우체통을 그려 놓았다. 다섯 달이 지났지만 5월 달력을 떼어 내지 못한다. 아침에 눈을 뜨면 먹이를 입질하듯 금붕어처럼 입을 벌린 채 옆으로 누워 있는 우체통이 인사를 한다. 기다리는 편지가 올 것 같은 희망을 담을 수 있는 빨간색 우체통이 정겨워 보이기도 한다.

얼마 전 친구에게서 편지 10여 통을 돌려받았다. 50여 년 전 보낸 내 편지가 다시 나에게로 돌아온 것이다. 색이 바랜 종이가 마른 잎처럼 바스러진다. 마음 갈피에 묻혀 있던 빛바랜 기억들이 새록새록 솟아났다. 정신없이 사느라 20대에 무엇을 좋아하고 무슨 생각을 하고 삶의 나침반은 어디로 향했는지 잊고 지냈다. 그 편지로 20대의 나를 다시 만나게 되었다.

편지를 살피다 잊고 지내던 상자 하나를 책장에서 찾아냈다. 묵은 먼지를 뒤집어쓴 채 누렇게 변한 편지 묶음이다. 90여 통쯤 될까, 여고 2학년 때 S동생에게서 받은 편지를 펼쳤다.

"언니, 나 전학하게 된 거 알지. 응? 피도 살도 섞이지 않은 언니. 온화한 언니의 미소가 그리워지고 잊을 수 없어. 맘껏 어리광을 부리고 싶고… 언니, 진명여고 말이야, 퍽 좋아. 그렇지만 말만 한마디 하면 '아유, 우서 죽겠네' 웃어대잖아. 선생님이 이름을 부르며 '네가 00여고에서 전학 온 애냐?' 하겠지. '예, 맞심더' 했더니, 고 메구 같은 기집애들이 죽는다고 웃잖아. 난 서울이 싫어. 껏떡하면 웃는 인간들이 싫어. '아이고 와이카노. 뭐할라카노?' 얼마나 정다워 응? 언니…."

1960년대 전후 여학교에서는 선후배 사이에 S언니 동생 맺기가 유행이었다. S동생은 지병 때문에 전학을 가게되었다. 그 학년에서 몇 손가락 안에 들 만큼 재주가 뛰어났다. 결혼 후까지 기자 생활을 했지만 길지 않았다. 독한 약을 먹어서일까, 30대에 유명을 달리했다. 총명한 머리가 아까워 가슴을 더 아프게 했다.

친구에게서 돌려받은 내 편지를 펼쳤다. 종이 갈피 속 마른 단풍잎이 소리 없이 발등에 내려앉는다.

"진아! 퍽 포근하다. 꽁꽁 얼었던 한강도 풀려 오늘은 띄엄띄엄 나룻배가 보이더라. 오랜 방황이 끝나려나 보다. 이제 그 사람을 받아들여야 할 때가 된 것 같구나. 우리들의 꿈은 꿈으로만 존재하는 것인가. 주부 선배인 네게 물어본다. 인생이란 슬플 것도 기쁠 것도 없다는 평범한 진리를 터득하며 살까 한다."

봄날 같아야 하는 젊은 날, 왜 그리 생각이 많았는지.

나는 학창시절 틈만 나면 곱게 물든 잎들을 주워 책갈피에 눌러 놓았다. 잠자리 날개 같은 바삭한 잎을 행운을 비는 마음으로 편지에 한 장씩 넣어 보내곤 했다. 편지에 끼워져 있던 빨간 단풍잎에 서둘러 떠난 동생 얼굴이 떠오르고 친구 얼굴과 내 얼굴이 겹쳐진다.

90여 통 편지를 분류한다. 고등학교 시절부터 30대까지 추억이 담긴 사연들. 보낸 사람 손끝 온기를 묻혀 달력

속 우체통에서 하룻밤쯤 묵었다 내게로 전해졌을 편지다. 한 사람 한 사람 얼굴이 떠오른다. 어느새 먼 길 떠난 얼굴이 많다. 그중에 남편도 있다. 편지의 거의 반이 남편이 나에게 써 보낸 것이다. 이런 구절이 보인다.

"어머니가 새우를 먹고 아이를 낳으면 그 아이는 새우와 인연이 있다고 불교에서는 말한다. 우리도 그 인연 따라 만나게 된 것인가? 생각해 봅시다."

'봅니다'가 아닌 '봅시다'의 뉘앙스가 묘하다. 부부연은 필연이라는 뜻을 말하고 싶었던 것일까. 모두 부질없다는 생각에 쓸쓸해진다.

'꽁꽁 얼었던 한강이 풀려 띄엄띄엄 나룻배가 보이더라'는 60년대 초 한강의 민얼굴, 수정구슬이 톡톡 튀는 S동생의 편지, 엄숙하게 부부의 필연을 상기시킨 남편의 편지.

영화 '일 포스티노'에서 보았던 우체부 마리오가 자전거를 타고 등에 메고 달리던 편지 배낭. 아무리 허망하게 세월이 달아나도 편지는 낙수처럼 고여드는 갈피갈피 삶의 그리움이다.

샘물 같은 편지들, 한 계절 꽃처럼 짧았던 과거로의 시간 여행을 떠날 수 있어 좋다.

청담동 토끼굴을 지나 한강둔치로 나간다.

한강변 산책로는 남편과 즐겨 걷던 길이다.

그가 삶의 끈을 놓은 지 3년여 지난다.

혼자 걸어도 따라오는 발걸음 소리.

돌아보면 아무도 없다. 나는 안다.

남편의 발걸음 소리인 것을.

마음속으로 편지를 쓴다.

이곳은 여전히 물억새가 서걱거리는

가을이 깊어 가는데….

그곳은 편안하신지?

물버들가지 울음 소인 찍힌 우표 한 장…

달력 속 빨간 우체통으로 보낼 수 없어 안타깝다.

편지 빚

최전방에서 날아온 군사우편을 받은 적이 있다.

계급이 소위인지 준위인지는 잊어버렸다. 이름조차 기억
나지 않는다. 고향이 경기도 어디쯤이라는 사연밖에. 자기
소개 뒤에 내 답장을 꼭 받고 싶다는 간절한 내용이었던
것만 기억된다.

軍郵 151-000 제0000부대 소인이 찍힌 편지를 보낸
사람은 대학 재학 중 입대한 제종오빠 소대의 소대장이었
다. 오빠에게 보낸 내 편지 겉봉투에서 주소를 알아낸 듯
하다.

나는 편지 쓰기를 좋아한다. 그런데 이상하게도 답장을
보내지 않았다.

60년대 재학 중 입대하는 대학생들은 일반보다 단축된 1년 6개월 군복무를 했다. 그 대신 최전방에서 더 혹독한 군 생활을 하였다. 철조망을 경계로 적군과 마주보는 최일선의 경계근무는 잠시도 긴장을 풀 수 없는 대치 상황. 그런 병영 생활에서 유일한 낙은 외부 소식을 들을 수 있는 편지라는 것이다.

여학교에서는 일선 장병에게 단체로 위문편지를 보냈다. 나 역시 입대한 오빠에게 수시로 편지를 썼다. 부대에 도착하는 많은 편지 중 내가 보낸 편지가 요즘 아이들 말로 짱이었던 모양이다. 고된 일과가 끝나는 저녁 시간에는 소대원들이 돌려가며 읽는다는 것이었다. 덩달아 오빠까지 인기가 좋아 소대에서 편의를 제공받을 정도였다고 했다.

군부대는 외부 우편물을 검열하기 때문에 오빠보다 그 소대장이 먼저 내 편지를 읽었다. 여대생이 많지 않던 시절이라 내 편지는 분명 큰 관심거리였을 것이다. 소대원 모두의 여동생처럼 느껴질 수도 있고, 연인처럼 느껴질 수도 있었을 것 같다.

오빠는 제대 무렵까지 그에게 답을 보내라고 채근했다.

"니 편지 한 번만 받으면 소원이 없겠다니… 죽은 사람 소원도 들어주는데 산 사람 소원 좀 들어주라"는 것이었다. 그런데 무슨 이유에선지 나는 끝내 답장을 보내지 않았다.

가을이면 유독 생각나는 노래가 있다.

"하얀 종이 위에 곱게 써 내려간…"

계절 탓일까 나이 탓일까. 느닷없이 어느 날 전방에서 날아온 편지를 생각나게 한다.

예나 지금이나 한 번 아니다 싶으면 아닌 성격은 어쩔 수가 없다. 내 편지 한 장에 목을 매던 20대 청년에게 나는 무슨 쓴 재를 뿌린 것이었을까, 생각해 본다. 한 컷의 추억으로 돌리기에는 편지 빚이 너무 큰 것이다.

그리고 나 역시 하얀 내 머리칼과 함께 늙어 간다. 가을이면 대상도 없는 그리움이 밀려온다.

경건한 의식의 가계부 쓰기

가계부를 적기 시작한 것은 중학교 1학년 때로 거슬러 올라간다. 연필 몇 자루, 공책 몇 권, 국화빵 몇 개를 모두 적었다. 다달이 생활비를 탈 때 어머니에게 보여 드렸다. 그것이 강산이 수십 번 변하도록 가계부를 쓰게 된 계기가 되었다. 지금도 택시에서 내리며 꼭 챙기는 것이 영수증이다.

한 2년 동안 가계부를 못 쓴 적이 있다. 둘째가 아파서 경황이 없어서였다. 그때를 빼고는 한 해도 거른 적이 없다. 매사 아귀가 맞지 않으면 잠을 못 자는 못된 성격 탓이지 싶다.

기억하기로 우리나라에 가계부다운 가계부가 나온 것은

60년대 초라고 생각한다. 《女苑》이란 잡지가 신년 특대호를 내며 부록으로 가계부를 함께 주었다. 내가 60년대 결혼해 이 잡지를 구독한 것은 가계부가 필요한 점도 한 이유였을 것이다.

나는 가끔 가계부를 들춰 보곤 한다. 나에게는 일기장보다 더 생생하고 절실한 생활 기록이기 때문이다. 67년도 가계부를 보면 지금도 감회가 새롭다. 여기저기 첫 아이의 낙서가 있긴 하지만 표지는 선명하다. 붉은색 바탕에 진분홍색 한자로 '日記家計簿'라 적혀 있다. 핑크 무드로 젊은 주부들의 구매 동기를 자극하고 싶었으리라.

1967년도 가계부에서 몇 가지 항목을 추려 2022년도 가계부와 비교해 본다.

쌀 80킬로그램 한 가마가 3,280원

라면 1개 20원

달걀 1개 15원

쇠고기 300그램 125원

아리랑 담배 10갑에 275원

파마비 150원

콩나물값은 단위가 일정치 않아 비교하기 어려워 생략했다. 다음은 2022년 가계부 기록이다. 같은 품목을 본다.

쌀 80킬로그램 한 가마가 200,000원

신라면 1개 900원

달걀 1개 300~500원

쇠고기 300그램 2,4000원(양지-소고기는 편차가 큼)

담배 1갑 4,500원

파마비 40,000원

우리 주식인 쌀값은 50여 년 동안에 60배 정도 오르고, 달걀과 라면은 45배, 쇠고기는 150~190배쯤 오른 셈이다. 담배는 거의 100배 이상 올랐다. 게다가 파마비는 무려 320배 뛰었다. 담배는 금연 정책에다 기호식품이라서 많이 뛴 것이고, 파마비는 2000년대 들어서며 인건비 때문에 가파르게 오른 것 같다. 가만히 들여다보고 있으면 급변하는 생활사를 읽는 것 같다.

1967년도 1월분 남편 월급이 18,159원이었다. 거기에 보너스가 16,250원이니 총 수입이 34,409원. 당시 일반 공무원

월급이 5,000원 정도였으니 우리 월급이 꽤 많았다는 이야기가 된다. 아마 60년대는 석탄 채굴이 국가기간산업인데다 사고가 잦아 위험수당이 따랐던 것이다.

남편은 막장까지 내려가 일했다. 감독이라고는 하지만 공대를 갓 졸업한 20대 나이로 힘든 노동을 감당하기에 얼마나 힘들었을까, 짐작하고도 남는다. 저녁에 퇴근하면 전신이 검정빛 일색이었다. 눈과 이빨만이 하얗게 빛날 뿐이었다.

일간신문에는 한 달이 멀다 하고 탄광 붕괴 사고가 보도되었다. 막장에 갇힌 광부들이 구조되기도 했지만, 그렇지 못하고 시신이 되어 들것에 실려 올라올 때는 탄광촌 전체가 비탄과 통곡의 막장 속으로 매몰되는 것이었다.

그렇게 벌어들인 위험수당, 그건 목숨값이었다. 젊어 고생은 돈 주고 산다지만, 나는 다시 그 시절로 돌아가고 싶지 않다.

가계부에는 각종 수입과 지출난 외에 곗돈을 적는 난이 따로 있다. 재미있는 건 곗돈 10,500원이다. 총수입의 3분의 1을 부은 것이다. 60년대까지만 해도 목돈 마련을 위해 은행적금보다는 계에 의존했다는 이야기다. 전쟁 후라 금융

기관을 믿지 못한 것도 이유라면 이유다. 그러다 보니 곗돈을 떼어 먹고 달아나는 사고가 부지기수였다. 어머니도 계로 손해를 본 사람으로 둘째가라면 서러워할 분이셨다.

그해 지출 가운데 나를 위해 쓴 돈은 파마비 빼고는 30원짜리 분첩 하나 산 것이 전부였다. 내 옷은 결혼 혼수로 몇 년을 버텼고, 남편은 결혼 때 맞춤 칠성양화점 구두 한 켤레로 창을 갈아가면서 7년을 신었다.

우리 선조들은 접시에 놓인 대추 세 개를 한 번에 다 먹어 버리면 양반이 아니라고 할 정도로 근검절약했다. 우리는 그런 절약정신을 본받았던 것 같다. 그러니 사는 것이 얼마나 팍팍했겠는가. 하지만 저축액이 늘어가는 희망으로 버틸 수 있었다.

가계부를 뒤지다 보면 눈물겨울 때가 많다. 내 가계부는 1960년대 시대상도 엿볼 수 있다. 가계부 숫자와 시름하는 만큼 많은 시간이 흘렀기 때문이다.

학생 때 쓴 수첩가계부는 오래전 없어졌지만, 지금 내 문갑 속에는 20여 권의 가계부가 고스란히 쌓여 있다. 차마 버릴 수가 없다. 그 속에는 나의 젊은 시절의 기쁨과 슬픔이 모두 담겨 있기 때문이다. 가계부는 우리 가족사인

동시에 내 생의 기록이기도 한 것이다.

내게 펜 잡을 힘이 있는 동안은 가계부 적는 일을 멈출 수 없을 것 같다. 가계부 적는 일을 통해서 내 존재를 확인한다. 써 버린 돈과 남은 돈, 앞으로 써야 할 돈을 가늠하면서 지나간 삶을 결산한다. 또 앞으로의 삶을 계획하고 지금도 희망을 설계한다. 가계부 쓰는 일은 내 삶의 경건한 의식이 되어 버린 것이다.

그리고 내 삶의 값은 얼마나 될까. 결산 때가 다가오는 것이다.

자란 꿈속에서 됐어 졌는지
나는 모릅니다
그저 아기자기 삼아운 운명이 있는지
나는 모릅니다.

동경과 아쉬움에 울며
외로워 우는
빛나는 모습이었나 봅니다

자란 그늘 밑에서 졸고 있는 소녀의 눈매와
애띠한 그날이
이상과 반성에 삼아운 순간이면
더욱 행복 했는지 모릅니다

받으런 마음 아프게 황아 돋고 있읍니다
솟맞이는 순간 이 있는지 모릅니다.
한마디 말도 없이
고요히 삼아 진체
그 이의 빛나는 시선 이 있는지 모릅니다.

단기 4293 년 2월 10일

서울 에서

64년 전에 받은 편지 한 통

제4부

하모니카 부는 남자

종과의 이별

하모니카 부는 남자

첫 서울 상경기

땅의 운명도 바꾼 강남 스타일

화합의 청계천

성산 일출봉

오페라의 유령

가로세로 줄

쫑과의 이별

텔레비전에서 마른장마가 끝나 간다는 소식이다. 기다렸다는 듯이 양동이로 쏟아붓듯 장대비가 내린다. 하늘에 구멍이 뚫린 듯하다. 애써 가꾸어 온 농작물이 흙탕물에 쓸려 나간다고 아우성이다. 수마에 집을 잃고 망연자실 시름에 찬 사람들이 연일 텔레비전 화면에 보인다. 언제쯤 연중행사처럼 벌어지는 수해를 피할 수 있을지. 온 나라가 우울한 여름을 보낸다.

더운 열기에 가만히 있어도 등줄기에 땀이 흐르는 늦여름이다. 하지만 절기를 뛰어넘는 재주가 없듯, 머지않아 건들바람이 불 것이다. 해가 지고 어둠이 내리면 스럭 시럭 쓰르르 풀벌레 우는 소리가 들릴 것이다. 숱한 역경이 있어도 정녕 가을은 오고 있다.

문을 열고 뜰로 나선다. 봄부터 가을까지 초록, 쑥초록, 감초록까지 초록빛의 향연으로 마당이 싱그럽다.

우리 집 뜰을 마당이라 부르기를 좋아한다. 마당이라 이르면 사금파리 흙냄새가 배어나던 고향의 가을 타작마당이 생각난다. 휑하니 넓기만 하던 시골 마당은 가을이 오면 무르익은 들녘을 그대로 마당으로 옮긴 듯 풍성하기 이를 데 없었다.

멍석에 빨간 고추가 널려 있고, 고추잠자리가 원무를 추며 하늘로 치솟는다. 초가지붕에는 새하얀 박덩이가 후덕한 촌부의 웃음처럼 환하게 웃고 있다. 붕붕붕 탈곡기를 돌리며 타작하는 소리가 시끌벅적이다. 골목마다 웃음소리가 담을 넘나든다. 먹지 않아도 배가 부른 듯 넉넉하던 시절이었다.

아득한 상념을 거두고 손바닥 잎새로 하늘을 가리고 서 있는 감나무를 바라본다. 햇볕 쏟아지는 거실 유리문 앞에서 꾸벅꾸벅 졸고 있어야 할 쫑이 보이지 않아서다. 쫑은 10여 년간 이 마당을 지켜 온 우리 집 애완견이다. 든자리는 모르나 난자리는 난다고 한다. 그간의 자취가 정리로 남아 마당 이곳 저곳에 정적을 드리운다.

이 집으로 이사 오던 해 봄 옆집에서 이웃이 된 정표로 갓 태어난 강아지를 젖을 떼고 주었다. 새하얀 솜털이 온몸을 부드럽게 감싸고 눈은 까맣게 커 겁이 많아 보였다. 목에만 엷은 갈색 리본을 맨 듯 줄무늬가 있어 꽤나 잘생긴 귀여운 강아지였다.

두 귀가 쫑긋해 쫑이라 이름을 지었다. 줄로 목을 매어 놓지도 않고 잔디가 망가져도 그냥 자유롭게 놓아 길렀다. 애완용 개들을 아파트에서는 짓는 소리 때문에 성대 수술을 한다고 한다. 머리에 핀을 꽂고 리본을 매어 안고 다니는 개들이 정말 행복할까, 애처롭게만 보여 기르지 않으리라 했는데 정작 쫑을 기르고 있다.

마당은 쫑의 어엿한 생활 터전이니 정원의 수장이다. 쫑이 먹고 남긴 밥알들이 그릇에 남아 있기 때문인지 우리 집 뜰에는 새들이 자주 날아들었다. 까치와 참새들이 몰려와 아침부터 마당은 소란스러웠다.

겨울에 눈이라도 내리면 먹을 것이 없어 새들이 더 추울 것 같아 쌀알이나 보리쌀을 던져 놓는다. 새들이 모여 와 모이를 쪼아 대면 쫑은 이리 뛰고 저리 뒹굴며 친구들을 반긴다. 새하얀 눈이 덮인 마당에서 새와 쫑이 어울리는 모습은 너무 정겨워 더없이 즐거운 일이었다.

이리 함께 살아온 쫑이 올봄 마당에서 수명을 다했다.

죽을 끓여 떠 먹이고 우유로 입 언저리를 적시고, 기운 없이 쳐다보는 눈빛이 애처로웠다. 숨을 거두기 전 일주일의 신고(辛苦)는 말을 못하는 짐승일지라도 사람의 마지막 길과 크게 다르지 않았다. 꼬리를 흔들며 뱅글뱅글 재롱을 부리던 강아지, 10여 년은 짧은 세월이 아니었다. 마당에 나서면 쪼르르 달려오는 빈 그림자가 밟힌다. 때때로 눈언저리가 붉어진다.

견(犬)불 5년이요, 계(鷄)불 3년이라고 한다. 개를 5년 이상 기르면 좋지 않다는 말이리라. 다른 뜻보다 동물일지라도 정이 들면 사람에 못지않은 별리의 아픔을 염려해서라고 생각하고 싶다.

요즘은 애완견이 수명을 다하면 보기 싫어 동물병원에 맡겨 안락사를 시킨다. 기르던 개를 그렇게 할 수는 없었다. 스스로 수를 다해 내세에는 좋은 연으로 다시 태어나기를 바란다는 의미일까. 봄을 시샘하듯 찬바람이 몹시 불던 날이었다. 햇살 바른 대모산 자락에 고이 묻었다. 다시는 동물을 기르지 않으리라 다짐했다.

　나뭇잎이 단풍 들어 가을이 깊어지면 다른 생명체도 한해의 삶을 마감할 준비가 시작되리라. 꽃이 피는 봄부터 계절 따라 바뀌는 뜰의 변화를 보노라면 내 가는 길도 가을 어디쯤 와 있는 느낌이다.

　여름날 그 무성했던 정원이 빛 바랜 녹색으로 쇠락해 간다. 추연한 갈잎 내음이 코끝에 스며든다. 가는 계절을 뉘라서 잡을 수 있나. 남은 세월을 잴 수도 없는 명줄에 허둥거려지는 마음이 슬프다.

　까치가 쪼아먹은 붉은 감이 눈에 들어온다. 떠난 종을 보는 듯 먹을 것이 없어 발길을 끊어 버린 새들을 다시 불러들여야겠다. 비어 있는 물그릇에 부지런히 물을 채우고 먹이를 챙겨 참새를 불러들여야겠다고 생각을 추스른다.

하모니카 부는 남자

　물안개가 자욱하다. 산허리를 휘감고 내려오는 안개를 품고 있는 흙길이 푹신하고 부드럽다. 계속 장맛비가 내려서인지 인적이 드물고 모처럼 고즈넉하다. 훤히 트인 한강을 바라보고 오르던 날과는 또 다른 맛이다.

　비탈길을 돌아드는데 찰찰 냇물 소리가 들린다. 높지 않은 산이어서 이 정도 물소리를 들으려면 비가 많이 와야 한다. 흐르는 물에 두 손을 담는다. 물에 얼굴을 비추고 그림자를 만드는데 명주 올처럼 가늘게 떨리는 소리가 들려와 고개를 든다. 우장을 입은 남자가 하모니카를 불며 내 앞에 서 있다. 깜짝 놀라 옆으로 비킨다. 비 오는 날 산에서 하모니카 부는 남자라니, 공연이 끝난 무대에서 사라지는 뒷그림자처럼 왜 그리 쓸쓸해 보일까.

외로운 사람일까, 실직의 아픔일까, 궁금증이 더해진다. 공휴일도 아닌 날 혼자 산을 찾는 어깨 처진 남자들을 많이 보아 온 터다. 궂은 사연이라면 굳이 혼자 산에 와서 하모니카를 불 여유가 있을까. 오랜만에 멋있는 남자를 만났다고 생각하기로 하고 발자국을 떼어 놓는다. 점점 멀어지는 선율에 자꾸 뒤를 돌아본다.

노래를 좋아해 한때 하모니카를 배운 적이 있다. 반주를 넣어 멋지게 불지는 못했어도 단음으로 즐기던 시절이었다. 한 걸음도 되돌릴 수 없는 옛날이지만 스치듯 멀어져 간 추억 속의 그리운 얼굴들이 떠오르곤 했다.

혼자 산을 오르는 날은 이 생각 저 생각에, 이 대답 저 대답 끝이 없다. 오늘처럼 비 오는 날은 영화 '셸부르의 우산'이 생각난다. 또 옆 손잡이를 돌려 밥을 주는 LP판 구식 전축이 생각난다. 전축판에 걸어 놓은 바늘이 흠결을 벗어나지 못해 반복되는 곡조처럼 '비가 오는 데에~ 비가 오는 데에~'를 흥얼거리다 픽 웃는다.

아차산에서 용마산으로 가는 중턱에 나무계단이 있다. 두 여자가 숨이 찬 듯 하나 둘, 하나 둘 호흡을 조절하며 계단을 오른다. 내가 가까이 뒤따르자 "비가 오는데 우산을 쓰고 누가 기다린다고 기를 쓰고 오르는지…" 마주보며 웃는다. 그 말에 동감하며 나도 웃는다. 세 여자는 비를 맞으며 모반을 좋아하는 산여자인지 모르겠다는 생각이 든다. 산에서는 누구와도 격의가 없어 좋다.

이 산엔 소나무가 많다. 코에 스미는 생솔나무 향기가 때때마다 다르다. 오늘처럼 솔잎에 줄줄이 매달린 작은 물방울, 물방울만 그리는 김창열 화백의 그림을 보는 것 같다. "한 방울의 물속에는 헤아릴 수 없는 태양들이 빛을 발하는 무한한 공간이 담겨 있다"고 한 어느 외국 평론가의 말이 생각난다.

이 산은 생태공원으로 철따라 흐드러지게 꽃이 핀다. 백합과인 원추리와 나리꽃은 모양도 같고, 같은 노랑이어서 헷갈린다. 마타리꽃, 해바라기와 비슷한 삼립국화도 노랑이다. 옥잠화, 하늘매발톱, 일일비비추, 좀비비추꽃이 다투어 피고진다. 한참 전 우리 집 단독주택 뜰에 부추같이 가는 줄기에 조롱조롱 매달렸던 좁쌀만 한 보라색 꽃이 '맥문동'이라는 것을 알았다. 맥문동꽃은 가을이면 앙증맞은 빨강 열매가 열린다.

요즘은 천천히 느리게 걷는다. 두 시간도 좋고 세 시간도 좋다. 천천히 걸으며 나무와 눈인사도 하고 꽃잎에 코를 묻고 향기를 맡는다. 마음 다스리기에는 산만큼 좋은 곳도 없을 것이다.

드디어 정상. 바위에 새겨 놓은 해발 348m 글씨가 선명하다. 동남서북 용마산 꼭짓점을 찍는다. 동쪽 방향에서 먼저 산기운을 받고 남쪽으로 돌고 서쪽으로 돈다. 북쪽은 북망산이 가까워서 돌기가 싫다.

서울의 남쪽을 향해 한 바퀴 돌고 남쪽을 향해 서니 한강이 한눈에 들어온다. 안개가 서서히 걷히자 물에 젖은 한강에 풀빛 물이 흘러 흘러간다.

첫 서울 상경기

태풍 '티나'가 쓸고 갔다. 가을처럼 하늘이 선선하고 푸르다. 잠시 하늘에 눈길을 주고 조간신문을 펼쳐든다.

'93년 전 서울역 앞'이라는 표제가 붙은 흑백사진이 눈을 끌었다. 서울역 앞 가지런한 초가와 기와집 사이를 가로질러 길이 나 있다. 소달구지나 지나갈 수 있을 것 같은 길이 이어진다. 삼각지 용산에 이르는 지금의 대로와는 현격한 차이를 보이고 있다. 지리산 중 청학동에서나 볼 수 있는 작은 산골 풍경이다. 상전이 벽해라는 설명만큼이나 보기 드문 사진이다.

백여 년 전이 아니라 내가 처음 본 50여 년 전 서울과 오늘의 서울을 비교해 보아도 세월은 그냥 흘러가는 것이 아니다. 정성스레 신문 사진을 오려 책갈피에 넣어 두고 생각날 때마다 사진 속 서울을 들여다본다.

1958년 대학에 진학하기 위해 처음 서울에 왔을 때와 비교해도 상전이 벽해다. 1950년도 6·25를 겪은 지 몇 년 되지 않았던 서울은 몹시도 피폐한 도시였다. 집들은 산비탈에 엉겨붙은 벌집처럼 보였다. 복개되지 않은 청계천에는 판자 조각으로 누더기처럼 기운 움막들이 둑방에 다닥다닥 늘어서 있었다.

개울 한켠에서는 빨래하고 또 다른 켠에서는 설거지를 하여 구차한 당시의 삶이 얼룩졌다. 널려 있는 빨래들은 전화의 참상을 조상이라도 하듯 울긋불긋 만장처럼 펄럭이었다.

도로 한가운데는 전차가 땡땡거리며 다녔다. 도로를 가로질러 건너가는 길은 드럼통 뚜껑을 오려서 흰색이나 붉은색 페인트로 '건너가시오'라고 칠해 나무막대에 고정시켜 세워 놓았다.

그리고 서울의 아침은 만원 버스에서 차장이 외치는 "오라잇 스톱" 하는 구령으로 시작되었다. 요즘은 차가 출퇴근 전쟁을 하지만, 그 무렵은 차장이 차에 오르는 사람의

등을 부시맨처럼 밀어붙여 사람들이 차를 타고 가는 것이 아니라 짐짝처럼 실려서 출퇴근을 했다.

정릉에서 홍제동을 지나 문화촌으로 가는 1번 버스 안에서의 일이었다. 만원 버스에 타고 있던 중년 여인이 숨이 막히는 괴로움에 "아이고, 찌그러져서 나 죽는다"고 소리를 질렀다. 옆에 있던 남자가 "조금만 참으십시오, 곧 홍제동입니다"라는 말을 받아서 버스 안의 사람들이 "와!" 하고 웃었던 소박한 정경이다.

그 무렵은 홍제동에 화장장이 있어 승객들은 자조적인 농담을 했다. 흐린 날에는 화장터에서 검은 연기가 뭉실뭉실 땅을 기어가며 하늘로 피어올랐다.

서울 하면 먼저 떠오르는 곳은 동서로 흐르는 서울의 젖줄 한강이다. 1960년대 뚝섬과 한강대교 아래 백사장은 유원지였고, 보트를 즐겨 타고 수영을 했다. 그 무렵 대다수 시민은 쉬는 날 없이 죽어라 일만 하던 시절이었지만, 한강은 숨을 돌릴 수 있는 휴식처였다. 갈대가 우거진 한강 백사장은 서울 시민의 유일한 휴식 공간이었고 안식처가 되었다는 사실은 가슴을 서늘하게 하는 기억이다.

몇 년 전 파리에서 센강 유람선을 탄 적이 있다. '미라보다리 아래 센강이 흐르고…'란 아폴리네르의 시로 더욱 유명해진 강이어서 많은 기대를 했다. 그런데 직접 보았을 때 실망스럽기 짝이 없었다. 센강은 강이 아니라 여느 시골에서 흔히 볼 수 있는 조금 넓은 그랑(냇물)일 뿐이었다.

늘 파랗게 흐르는 한강은 철철 넘치는 수량에서 센강을 압도한다. 강은 강답게 강폭이 넓고 물이 가득 차 때로는 유유히 때로는 도도하게 흘러야 한다.

여행에서 돌아와 짬을 내어 한강 유람선을 탔다. 뱃전에서 바라보는 확 트인 시야는 거칠 것이 없다. 파란 바다 위에 떠 있듯이 마음까지 상쾌하게 해 준다. 뱃전에서 따뜻한 커피를 한잔 마신다. 은빛 비늘 포말이 뱃전을 따라오고 배를 따라오는 흰 포말이 다시 뱃길을 따라서 하얗게 부서진다. 이 강을 센강에 비하랴.

나는 한강을 좋아한다. 서울에서 태어난 토박이도 아니다. 신혼 시절 강원도에 살았던 몇 년을 제하고는 1958년도부터 줄곧 서울 시민으로 살아왔다.

서울은 '한강의 기적'이라고 할 정도로 경이로운 도시가 되었다. 격변과 혼돈과 가난의 고통을 이겨 내고 거리마다 빌딩 숲이 우뚝우뚝 마천루처럼 솟아 있다.

때때로 지나온 삶의 애환이 서려 있는 옛 모습이 그리울 때가 있다. 오염된 물과 생활 쓰레기로 몸살을 앓은 지 얼마인가. 서울 하늘에 빨주노초파남보 일곱 빛깔 무지개를 못 본 지도 꽤 오래인 것 같다. 그중에서도 한강 백사장을 잃어버린 것이 제일 아쉽다.

마지막 무더위가 기승을 부리는 토요일 오후. 타고 가던 버스가 압구정동 갤러리아백화점 앞 건널목에 멈춰 섰다. 넘치는 인파 속에 아이들이 건널목을 건너가는 것을 보았다.

아이들은 외양부터 당당하다. 싱싱하게 물오른 미루나무가 쭉쭉 뻗어 윤기가 흐르듯 활기차고 씩씩하다. 세계 어디에 세워도 손색없을 우리 아이들에게 매료되어 넋을 잃고 차창 밖을 내다보았다.

"이쁜 우리 아이들!"

압구정동 거리 화단에 심어 놓은 고추가 빨갛게 익어 간다.

날고 있는 고추잠자리가 가을을 재촉한다.

서울은 영원한 안식처이고 마음의 고향이다.

땅의 운명도 바꾼 강남 스타일

지명(地名)은 전해 오는 유래에서 거의 붙여진다. 산세(山勢), 지세(地勢), 수세(水勢)가 그 예다. 사람 살기 좋은 조건으로는 자좌오향(子坐午向), 정남향에 배산임수(背山臨水)를 꼽는다.

강남은 한강을 등에 지는 향이다. 대모산과 구룡산을 바라보고 있다. 풍수설에 의하면 한강 남쪽은 배수임산, 음지 기운이어서 길지가 아니다.

70년대 초 친구와 처음 와 본 강남은 논밭이 질펀한 여느 시골이었다. 띄엄띄엄 개발붐이 일고는 있었지만 논틀밭틀 흙탕길이었다. 비가 내리면 물이 차 장화 없이는 살 수 없는 곳이었다.

인간의 능력은 땅의 운명도 바꿀 수 있던가. 높은 곳은 깎고 낮은 곳은 돋워 강남을 편리하고 쾌적한 환경으로 탈바꿈시켰다.

우리 집은 삼 남매가 모두 대학에 들어간 80년대 들어 강북에서 강남 논현동으로 둥지를 옮겼다. 도심 속이지만 차 소리도 별로 없는 한가한 주택가였다. 몇 년 전부터 단독주택이 뚝딱뚝딱 다세대로 바뀌어 지금은 지난날의 고요한 정경이 아니다.

네거리 교차로를 마주보는 논현동, 청담동, 삼성동 부근에서 살다 보니 골목길 구석구석까지 손금 보듯 눈에 익다. 논현동은 용이 꿈틀거리는 모습을 닮았다 하여 용오봉에서 유래된 이름이다. 청담동은 한강변 물이 맑아 청숫골이라 부르던 유래에서 붙여진 것이고, 삼성동은 봉은사, 닥점, 무동도 세 마을을 합친 이름이다. 동마다 전해지는 유래가 정겹다.

처음 살던 주택가 사계절의 운치, 꽃이 피고지고 발갛게 익은 대추가 주렁주렁 달리던 골목길이 사라진 것이 가장 아쉽다. 20대에 떠난 고향보다 강남에서 산 세월이 더 길다. 고향처럼 따뜻하고 편하게 느껴지는 것이 위로라면 위로일까. 내가 처음 본 70년대를 떠올리면 상전벽해라는 말이 이런 것이었구나, 실감한다.

그리고 상전이 벽해라도 유유히 흐르는 물이듯, 변하지 않은 곳이 있다. 선정릉, 봉은사 문화유적지다. 강남구 삼성동 수도산 자락에 있는 봉은사는 신라 원성왕 10년(794년) 연희국사가 지금의 선정릉에 '견성사'란 이름으로 창건하였고, 이 자리가 명당이라 하여 연산군 6년 선릉을 조성해 성종과 정현왕후가 묻혔다. 그 후 중종의 정릉을 옮겨 와 선정릉이 되었다. 이에 견성사를 선정릉의 봉릉사찰로 삼고 이름을 봉은사로 바꾸어 현재 위치로 이전했다.

나는 산책길에 봉은사에 자주 간다. 집에서 걸어 30분 거리다. 9호선 지하철이 개통돼 아셈타운이 새로 단장을 했다. 아셈타운 반대편에 봉은사기 자리한다. 왕복 8차선 대로에 접해 있지만 숲이 둘러싸고 있어 고즈넉하다. 바람이 살짝만 스쳐도 와르르 바스러질 듯한 대웅전 기와에 얹힌 이끼가 세월의 풍상을 말해 주듯 고색창연하다.

봉은사는 1200여 년의 천년 고찰이다. 마음대로 들고 날 수 있도록 절집은 대문이 없다. 오랜 세월 도심 속에 법등을 밝혀 불자들에게는 치성수행 도량으로, 일반인에게는 고요한 휴식처를 제공한다. 사천왕이 눈을 부릅뜨고 지켜보는 진여문(眞如門)을 들어서니 한낮인데도 정적에 묻혀 고요하다.

석탑 앞에 향을 사르고 대웅전으로 오른다. 삼존불 앞에 합장하고 9배를 올린다. 경내를 돌아 봉은사 건물 중 가장 오래된 판전각 '판전' 편액을 올려다본다. 추사 김정희 선생이 쓴 현판으로 유명하다. 7세 아이 마음으로 쓴 무구한 편액이다. 티끌 하나 섞이지 않은 유리 속 같은 '획'인가. 뚫어져라 눈을 맞춘다. 세상 떠나기 3일 전에 썼다는 '판전'이다. 칠십일과 병중작(七十一果 病中作), '칠십일 세 과천 늙은이 병중에 쓰다.' 그 먹물이 마르지 않은 듯 숨을 삼키며 그 자리를 쉬이 뜨지 못한다.

김정희 선생은 30세에 초의선사를 만나 교유 관계를 유지했다. 함경도 북청 유배지를 다녀온 후 경기도 과천의 과지초당(瓜地草堂)에 은거하였다. 자연스럽게 가까운 봉은사에 왕래하며 스님들과 교분을 쌓고 '대웅전' 현판도 썼다는 것이다. 대학자이며 문필가였던 김정희는 말년에 봉은사에 기거하여 추사체를 완성시켰고 대웅전 현판과 판전 편액을 남겼다.

그리고 난세에 영웅이 난다고 하던가. 봉은사 첫 주지를 맡은 보우대사는 조선의 숭유억불정책으로 탄압받던 불교를 일으키는 데 크게 공헌했다. 인재를 양성하기 위해 승과고시를 실시했으며, 그때 스님들이 시험을 보던 자리를 '중의벌'이라 한다. 현재는 코엑스 자리여서 표지석이 서 있다. 승과에서 배출된 많은 스님 중 유정 사명대사는 임진왜란 때 승병장으로도 큰 공을 세운 것으로 유명하다.

유년 시절 어머니는 사명대사 이야기를 곧잘 들려주셨다. 옛날 스님들은 수행도 잘하였지만 공중을 날아다니는 축지법도 잘 쓰고 간담을 서늘케 하는 신통술도 뛰어났다고 했다. 일본인들은 사신으로 간 사명대사를 방에 가두고 밤새도록 아궁이에 불을 지폈다. 신통력이 뛰어난 인물이니 죽여 버리자는 계책이었다. 다음 날 아침이었다.

"새우처럼 빨갛게 익은 채 죽었겠지."

일본 관리들이 저들끼리 말을 하며 문을 열었다. 웬걸! 온몸에 하얀 서리 이불을 덮어쓴 채 수염에 고드름을 주렁주렁 달고 덜덜 떨고 있더라는 것이다. 혼비백산한 관리들이 달려가 왕에게 알렸다. 일본 왕실에서는 난리가 났다.

사명대사는 전날 밤 숙소로 들어갈 때 낌새를 알아차리고

요 밑에 서리 상(霜)자를 써넣고 잠들었다. 비록 전쟁은 참혹하게 당했지만 그렇게라도 우리가 입은 마음의 상처를 위로받기 위해 입으로 입으로 전해지는 이야기가 아닌가 싶다.

임진왜란 중 소리 없이 '사라진 백성들.' 굴비처럼 목줄에 묶여 끌려간 백성들을 피로인(被虜人)이라 불렀다. 지금에야 어머니가 들려준 이야기는 사명대사가 전쟁 중 포로로 끌려간 피로인들을 데려오기 위해 일본에 쇄환사(刷還使)로 갔을 때의 일이었다.

봉은사에는 근대사에 또 한 사람 위대한 청호스님이 계신다. 1911년 한국 불교를 식민지 불교체제로 편입시킨 조선총독부의 '사찰령시행규칙' 반포 후 청호스님이 봉은사 주지로 부임했다. 스님은 독립운동을 돕고 땅을 개간해 농사를 지으며 남는 쌀은 비축했다.

물은 낮은 곳으로 흘러 강남은 한강보다 지대가 낮아 홍수에 취약했다. 송파를 거쳐 불어난 물이 범람하면 강남은 속수무책이었다. 을축년 1925년 7월 17일, 한강을 덮친 대홍수가 났다. 청호스님은 사중을 모아 떠내려가는 708명의 인명을 구하고, 비축했던 쌀을 풀어 이재민을

구했다. 이처럼 옛 스님들의 신통술을 복고(復古)해 보면 선견지명의 안목이라 할 수 있겠다.

떠올리기도 싫지만 온 국민이 발만 동동 구르며 손 한 번 써보지 못하고 눈뜨고 보내야 했던 세월호 어린 생명 302명을 생각하면, 열악한 그 시절에 생명을 건진 708명은 어마어마한 숫자다. 당시 사람들은 청호스님을 살아 있는 '생불'이라 부르며 수해구제공덕비를 세웠다.

사람을 긍휼히 여기는 한 사람의 마음이 천재지변도 이겨 낼 수 있었다. 천 사람의 마음도 모을 수 있었다는 것은 우리가 꼭 새겨볼 생명의 존귀가 아닌가.

이제 강남은 관광객과 외국인이 많이 찾는 세계적 명소가 됐다. 세계문화유산에 이름을 올린 선정릉과 봉은사는 세계 속 대한민국의 얼굴, 서울의 얼굴, 강남의 얼굴이다. 오늘에 이르기까지 강남 도심에 2만 평에 가까운 대도량으로 자리 잡은 봉은사는 추사체를 완성한 김정희, 외교력도 뛰어나고 신통술도 능했다는 사명대사, 한 사람의 목숨도 긍휼히 여기던 청호스님, 부처님의 자비를 몸소 실천한 이 세 성현을 배출한 사찰로도 강남의 자랑이 아닐 수 없다.

그러나 풍수 이론으로는 사람이 살기 어렵다는 강남이다. 하지만 국가경제개발 동력과 맞물려 습지를 보강하고, 굳건한 인공제방을 쌓고, 물길도 바꾸어 버렸다. 넓은 도로와 도심을 바둑판 모양으로 도시화하여 편리하고 쾌적한 환경으로 바꾸었다. 마천루 빌딩 숲, 압구정 로데오 거리에서 청담동으로 이어지는 '한류스타'의 길, 문화의 중심지로 발돋움했다.

　얼마 전 에스토니아의 수도 탈린을 여행했을 때 일이다. 구시가지 비루 광장에서다. 몇몇 청년이 우리를 보자 갑자기 싸이의 '강남 스타일' 말춤을 추기 시작했다. 두 팔을 포개고 무릎을 벌리고 봅, 봅, 봅, 오빠 강남 스타일~ 우리 일행도 흥에 겨워 봅, 봅, 봅~ 불과 몇 초지만 그들과 함께 어깨를 들썩일 수 있어 가슴이 찡했다.

　안 되는 것을 되게 하는 것이 강남구민의 힘이다. 오랜 세월을 헤쳐 온 강남은 앞으로도 세계 속의 '강남특별구'로 거듭날 것이다. 땅의 운명도 바꿀 수 있는 강남은 누가 뭐래도 강남일 수밖에 없다. 봅, 봅, 봅, 오빠 강남 스타일 만세!

화합의 청계천

청계천을 처음 본 것은 1960년대였다. 대학 입학을 하고 설레는 마음으로 서울에 왔지만 6·25동란을 겪은 지 몇 년 되지 않아 도시는 몹시 피폐했다. 집들은 나뭇가지에 덕지덕지 붙어 있는 벌집처럼 보였다. 판자 조각으로 너들너들 기워 놓은 움막집이 둑방에 상처 딱지처럼 늘어서 있었다.

맑은 냇물이 흘러야 하는 청계천은 이름뿐, 시커먼 구정물 하천이었다. 도시의 온갖 시름과 오물을 받아내는 시궁창물이 도시 가운데를 흘렀다. 그 물에 빨래하고 옹기종기 앉아 설거지를 했다. 생활에 찌든 피난민들의 삶이 얼마나 비참한가를 피부로 느끼게 하던 곳이었다.

텔레비전 뉴스에서 보여 주는 세계 곳곳에 흩어진 난민촌보다 훨씬 열악했다.

청계천은 복개 후 차를 타고 달릴 때도 궁핍했던 지난날의 아픈 기억을 지울 수가 없었다. 세월이 흘러도 청계천 하면 먼저 판자촌이 떠오르곤 하였다.

2005년 10월 1일 새 물길이 열려 마침내 청계천이 서울 시민의 품으로 돌아왔다. 콘크리트로 서울의 숨구멍을 막아 뚜껑을 덮은 지 47년 만이었다.

12월에야 나는 새로 태어난 청계천을 찾았다. 청계광장에서 힘차게 쏟아지는 폭포수 물길이 줄었다 넓었다, 빨랐다 느렸다, 시골의 버들개천처럼 졸졸졸 물소리를 내기도 한다. 바닥에 깔아 놓은 자연석 무늬결로 맑은 물이 흘러 아름다운 화음을 낸다. 50여 년 전 보았던 난민들의 개천 풍경과 콘크리트 구조물, 고가도로를 떠올리면 경이로운 감회가 몰려왔다.

태조의 비 신덕왕후 묘지석을 거꾸로 쌓아 만들었다는 광통교를 지나 192m 길이의 도자벽화인 '정조대왕능행반차도' 앞이었다. 벽면에 그려놓은 1,779명의 인원과 779필의 말 모양은 당시 임금님의 위엄과 예를 갖춘 어가 행렬을 보여 주는 역사적인 현장이어서 많은 사람들이 모여 있었다.

새로 복원된 22개 다리와 5.8km 구간을 한꺼번에 감상하기는 시간이 부족했다. 서울의 역사와 삶, 자연이 어우러지는 청계천의 사계 얼굴을 떠올리면 생각만으로도 기쁘다. 표지글 '600년 고도 우리의 서울이 한 시대를 갈음하고 생명의 도시로 세계 속에 다시 태어났다'는 새겨 볼수록 자랑스러웠다.

본래 청계천 이름은 개천(開天)이다. 하늘이 열린 개울인 것이다. 하늘이 막혔으니 고인 물은 썩기 마련이다. 청계천이 썩고 있었으니 어찌 윗물이 맑기를, 서울이 맑기를 바랄 수 있을까. 민족의 한과도 같은 고인 물을 정화시켜 서울이 맑아지면 좋겠다.

청계천에 다시 맑은 내(川)가 흐르듯이, 꽉 막힌 사람 사이의 반목도 물꼬가 트여 화합의 강으로 흘렀으면 좋겠다. 나 같은 무명인도 간절히 간구한다. 모쪼록 높은 분들의 혜안이 열렸으면 좋겠다고 기원한다.

성산 일출봉

　제주도! 설렌다. 첫 만남인 양 나를 반겨 준다. 사르륵 사르륵 안개비가 내 얼굴을 감싼다. 축축한 공기에 젖어서야 우산을 받쳐들고 나무계단을 오른다. 오후 4시, 내려오는 사람은 있는데 오르는 사람은 없다. 빼곡한 비자나무와 작살나무 숲, 삐죽한 화살촉을 내민 화살나무 숲을 구불구불 오른다.

　성산 일출봉, 해발 180m 안내판이 나타난다. 드디어 성산 일출봉 정상을 밟았다. 싸한 향기를 뿜어내어 향긋한 풀 내음으로 나를 맞아 준다.

　꼭두가 텅 비어 있다. 그림자도 없다. 스멀스멀 안개비 내리는 정상은 축축한 정적이 감돈다. 수없이 올랐지만 성산 일출봉에 인적이 끊긴 적 있던가. 내가 사람이 아닌 듯하다. 전생은 이 산속에 살았던 한 마리 사슴이었을지 모른다. 가슴이 먹먹해진다. 텅 빈 성산 일출봉 품에 홀로 안겨 있다는 황홀함에 머리가 아득하다. 그리고 경외심에 가슴이 떨린다.

　나무 데크에 앉아 배낭에서 보온병을 꺼낸다. 스푼으로 커피를 한술 떠 컵에 넣고 따뜻한 물을 부어 마신다. 우산을 펼쳐들고. 얼마 만에 정상에서 혼자 마시는 커피인가. 따뜻한 커피 향이 온몸을 돌돌 말아 천천히 안개 속으로 퍼져 나간다. 한기를 느끼던 몸이 확 녹아 버린다. 이 순수, 이 맑음, 온 산이 내 것인 양 열감에 떨리는 가슴. 정상에서 마시는 한 잔의 커피를 위해 나는 수없이 산을 오른다.

　40여 년 전이었다. 처음 제주도에 왔을 때의 기억이 새롭다. 댕기꼬리처럼 치렁치렁 늘어진 푸른 소철과 야자수 가로수길. 낭떠러지에 매어 놓은 아슬아슬한 밧줄. 한 사람씩 그 줄에 매달려 성산 일출봉 벼랑을 오르던 기억이 생생하다. 발아래는 제 성깔을 못 이겨 삼킬 듯이 큰 입을 벌리고 요동치던 바다. 하늘과 바다가 한몸이 되듯

불분명한 푸른 선. 사방이 막혀 있는 지금의 전망대에서 바라보는 풍경에 어찌 비하랴. 그때 함께 오르던 오빠도 내 짝꿍도 떠난 사람들이다.

빗줄기는 가늘었다 굵었다 쉼없이 내린다. 그제야 젊은 한 쌍이 빗속에 나타난다. 혼자 무섭기도 했는데 사람이 반가웠다. 그들에게 부탁해 사진 몇 장을 찍었다.

주룩주룩 쏟아지는 빗소리를 제주에서 듣고 싶어 혼자 나선 여행길이다. 마른장마에 시달려 온 나는 가뭄에 목 말라 풀죽은 푸성귀처럼 비를 그리었다. 머무는 4일 동안 신령님도 내 마음을 아는지 줄기차게 비를 내려 주었다. 그리고 장대비를 맞으며 정신없이 해안도로를 혼자 걸었 고 성산 일출봉을 오른 것이다.

제주 시내가 텅텅 비었다. 인적이 없다. 마음이 아프고 무섭기도 했다. 중동호흡기증후군 메르스의 직격탄이 이 정도였나 싶을 만큼 피부에 와 닿았다. 하루빨리 메르스 가 끝나기를 마음으로 빌어 보지만, 내 무슨 힘이 있는가.

하산 길은 언제나 여유가 있다. 이런저런 생각에 잠겨 젖 은 숲을 살피며 천천히 내려온다. 비에 젖은 붉은 엉겅퀴 꽃이 함초롬히 피어 있다. 그 옆 자잘한 흰 꽃무리가 나를 반기듯 살살 실바람에 움직인다.

"저 흰 꽃은 이름이 뭐였지?" 하얀 찔레꽃 같기도 하고 6~8월 성산 일출봉 절벽에 핀다는 '갯기름나물꽃' 방풍화인가. 녹색 잎에 물방울이 떨어지면 구르는 모양이 연잎처럼 아름답다는 나무다. 빗방울 톡 또르륵, 잎에 구르는 소리. 안개비 오는 날이 제격인 '갯기름나무'를 만나다니. 눈을 떼지 못한다. 멈춰서 꽃무리들의 속삭임에 귀를 대어 본다. 혹 내게 무슨 말을 해 줄까, 혼자 말하고 혼자 대답한다.

내게도 저런 꽃 같은 젊음이 있었을까? 분명 있었으련만 화려했던 기억이 없으니 울적해지려는 마음을 다시 다잡는다.

나는 오늘 성산 일출봉 정상에 혼자 올라 안개를 벗하였다. 따뜻한 커피를 산에 올라 마실 만큼 건강한 두 다리를 가졌다. 무엇이든 할 수 있을 것 같은 희망의 불씨가 남아 있다. 가고 싶은 곳이면 어디든 갈 수 있다.

허허로운 삶 아닌가. 무엇을 더 바라랴. 바라는 게 있다면 내가 받은 만큼 조금이나마 돌려주고 싶다. 내가 좋아하는 따뜻한 커피 한 잔 나누며 누구에게나 마음의 문을 열고 먼저 다가가야지…. 하지만 그것이 그리 쉬운 일인가. 낯가림이 심한 것은 유독 부모님이 물려주신 천성인 것을 어쩌랴.

자세히 보니 엉겅퀴 꽃술이 가늘게 떨린다. 노랑에 검은 점과 줄무늬가 아름다운 호랑나비 두 마리가 꿀을 따는지, 신선놀음을 하는지 엉겅퀴 꽃술에 함께 입을 콕 박고 있다. 꼬리를 위로 치켜들고 있는 모양은 무슨 뜻일까. 사랑놀이인가! 제주도는 파랑과 녹색과 안개가 어우러지는 이때가 아름다운 것을.

아! 아름다운 제주.

오페라의 유령

서울 엘지아트센터에서 '오페라의 유령'이 공연됐다.

제1장 막이 올랐다. 30만 개 유리구슬로 치장한 0.25톤 무게의 대형 샹들리에가 눈에 들어왔다. 천장 반을 가리고 매달린 샹들리에는 유령이 망가뜨렸다는 그것이다.

때는 1905년. 컴컴하고 음침한 무대에서 경매가 열리고 있다. 70세의 라울이 거액을 들여 음악 상자를 낙찰받는다. 음악 상자에서 친숙하게 흘러나오는 멜로디에 그는 혼 잣말을 중얼거린다.

"이제 우리 모두 죽어 가는데… 그래도 너는 계속 노래하겠지."

이 뮤지컬 작품은 프랑스 작가 가스통 르루의 소설 〈오페라의 유령〉을 영국의 앤드류 로이드 웨버가 만든 것이다. 웨버는 '뮤지컬계의 마이더스'라는 별명이 붙어 있다. 손만 되면 모두 금으로 변한다는 고대 그리스의 전설처럼 웨버 손을 거쳐간 수많은 작품이 세계 뮤지컬 극장가에서 종영 을 모르는 채 공연된다는 것이다.

이윽고 다시 천장의 대형 샹들리에가 새롭게 복원된 전 기장치로 불이 밝혀지고 무대는 과거로 돌아간다.

연습이 한창인 오페라 무대에 반인반수(半人半獸) 하얀 가면으로 얼굴을 가린 유령 팬텀이 등장한다. 숨어서 엿 보던 유령 팬텀은 아름다운 여주인공 크리스틴을 사랑하 게 된다. 그의 거처인 파리 지하 하수구로 주인공 크리스 틴을 끌고 간다. 흉물스런 몰골이지만 그녀는 유령 팬텀에 게 연민의 정을 느끼게 된다. 그러나 크리스틴이 젊은 라 울과 비밀리에 약혼을 하자 팬텀은 사랑과 질투심에 복수 를 결심한다.

다시 무대가 바뀌어 오페라 '승리의 돈주앙'에서 크리스 틴은 순결한 아미타 여주인공으로 무대에 오른다. 어느새 남자 주인공 피앙지가 유령 팬텀으로 바뀌어 있음을 알게 된다. 극의 절정에서 가면을 벗겨 유령의 출현을 알리지만 유령 팬텀은 적막한 무대에서 그녀에게 사랑을 고백하고 납치해 지하 은신처로 함께 달아난다. 남자 주인공 피앙지가 살해되어 목이 매인 채 발견되자 만행에 분노한 군중들이 유령 팬텀을 잡으러 지하 세계로 몰려간다.

은신처에 가장 먼저 도착한 유령 팬텀은 크리스틴에게 자신과 살든지 아니면 라울의 죽음을 선택하라고 요구한다. 흉측스런 외모와는 달리 순수한 영혼을 지닌 유령을 이해하게 된 크리스틴은 그에게 키스를 한다. 그녀를 사랑했던 유령은 그녀를 안아보지도 않고 라울을 풀어 주며 떠날 것을 요구한다. 두 사람을 태운 배가 멀어져 가는 것을 바라보며 유령은 크리스틴의 이름을 슬프게 슬프게 부른다.

이윽고 사람들이 몰려왔을 때 그곳에 남은 것은 하얀 가면뿐. 그 후 아무도 그를 다시 보지 못한다. 슬프게 부르는 크리스틴 이름의 여운만 무대 뒤로 멀어져 간다. 반인반수 팬텀의 사랑은 이루어질 수 없어 더 슬프고 아름다웠다.

1986년 런던에서 초연된 이 뮤지컬은 아름다운 내용이기도 하지만 무대장치가 압도한다. 화려한 황금빛 장식과 무대의상들, 거대한 계단 세트에서 하수구의 음침한 지하 세계에 이르기까지. 작품 배경이 되는 파리의 오페라 하우스를 그대로 옮겨 놓은 듯 특수 장치가 상상을 초월한다.

거대한 샹들리에가 머리 위를 휙휙 날다가 갑자기 머리 위로 뚝 떨어졌다. 아슬아슬 허공에 멈추는 아찔한 순간이었다. 특수 분장 역시 간담을 서늘하게 했다. 유령의 노여움을 보여 주는 곤두박질 무대는 관람객 모두의 머리 위에 떨어지는 줄 알 만큼 함께 비명을 질렀다.

한참 전 파리에 갔을 때 프랑스 오페라 하우스를 관람했다. 대리석 조각상으로 뒤덮인 화려한 건물에 외형 못지않게 무대가 7층에 있고 지하에 호수까지 있어 무대의 무게에 따라 수면이 올랐다 내렸다 할 정도인 줄은 이번에야 알았다.

오페라의 유령은 워낙 방대한 무대장치며 규모가 커서 한 번 공연을 시작하면 적어도 6개월은 지속되어야만 제작이 가능하다고 한다. 서울에서도 7개월간 장기공연이었다. 매일 표가 매진되었고 성공적인 흥행으로 숱한 화제와 기록을 남겼다. 총 244회 공연, 관람객 24만 명이 유령을 만났다. 그만큼 우리 뮤지컬 시장이 성장했고 문화 수준도 높아졌다는 의미다.

나는 오페라에 대한 지식이나 감상법은 잘 모른다. 하지만 노래는 좋아한다. 유명 공연물이 있을 때 딸이 티켓을 사다 준다. 연일 만원이어서 예약 날짜를 맞추기가 쉽지 않았다. 어렵사리 주선해 딸, 사위, 남편, 나, 넷이서 관람하였다. 예술의전당에서 공연된 '지저스 크라이스트 슈퍼스타' 역시 웨버의 뮤지컬 작품이었다. 그때의 감동이 아직도 남아 있다.

오페라는 대화가 노래로 전달되기 때문에 이해가 쉽지 않다. 그러나 무대 위에서 화려하게 펼쳐지는 율동과 유연한 연기, 합창은 내가 마치 주인공이 된 것처럼 흥겹고 즐겁다. 내용을 이해하며 보는 것은 벅차지만 서너 시간의 공연도 지루한 줄 모르고 몰입하게 된다. 이런 열정이 어디에 남아 있을까, 내가 신기하다.

위대한 예술가는 오랜 세월 부단한 노력과 진통을 겪으며 영감을 얻고 창조력을 키워 다시 태어난다고 한다. 가면에 가려진 습하고 괴기스러운 주인공 팬텀이 텅 빈 무대에서 홀로 처연하게 부른 마지막 노래. 모두의 심금을 울리기에 충분했다. 잊히지 않는 정지 화면처럼 오래 아름다운 여운으로 기억에 남을 오페라다.

가로세로 줄

　마른 잔디 위에 싸락눈이 사뿐사뿐 내려앉는다. 희끗희끗 휘날리는 눈발 사이로 지나간 시간들이 가로세로 줄을 그으며 지나간다. 가로세로 그어진 시간에는 힘들게 살아온 순환의 매듭 매듭이 줄을 그어 놓는 듯하다.

　대학 4학년 때 남편을 처음 만났다. 조부 밑에서 자랐기 때문에 남자가 두 발로 걷는 이상 미묘한 사람일 줄은 몰랐다. 성격 차이는 살면서 고치면 되는 줄만 알았지, 결혼 생활에 벽처럼 장애가 되는 줄은 순진하게도 몰랐다. 대과 없이 살아온 것이 안심되고 감사하는 마음이 된다.

　서울에서의 힘들었던 대학 생활을 빼면 어머니의 피나는 노력의 결과이겠지만 옹색한 시절에도 굶주리거나 크게 헐벗고 자라지는 않았다.

고1 때 어머니는 대구 서문시장에서 소매 포목상을 처분해 도매상으로 들어가기 위해 잠시 쉬는 사이 사업자금을 이웃 분에게 빌려주었다가 그만 사기를 당하고 말았다. 이때부터 경제적으로 어려워졌다.

결혼 후 남편이 남들이 부러워하는 좋은 직장을 그만두고 사업을 시작하면서 역경의 시간이 시작되었다. 우여곡절 세월 속에 다시 제자리를 찾아 연구소에 나가게 되어 우리 가족은 웃음을 되찾을 수 있었다. 경제적 안정도 다시 찾게 되었다.

새집으로 처음 이사 왔을 때 딸은 집이 좁아서 그동안 남에게 맡겨 두었던 피아노부터 찾아오라고 했다. 아이들 기죽일까 봐 등록금 마련을 위해 처분하면서 꾸며 댄 말을 곧이곧대로 믿었던 것이다. 곧게 잘 자라 주어 얼마나 감사했는지.

나이는 어쩔 수 없다고 했듯이 철벽같던 남편에게도 많은 변화가 있었다. 1988년 올림픽 후 세계화 추세에 따라 1989년도부터 여행 자유화가 시행되어 막혔던 봇물이 터지듯 너도나도 해외여행을 떠나기 시작했다. 그동안 남편은 서럽고 야속하리만큼 나를 옥죄며 구속했는데 여행을 하겠다고 했을 때 신기하게도 선선히 허락해 주었다. 그후 나는 물 만난 고기처럼 미친 듯이 여행을 다녔다.

모르는 사람들은 여행 중증에 걸렸나 싶겠지만, 평소 허영과는 거리가 멀고 알뜰한 성격임을 알기 때문인지 남편은 손수 밥을 지어 먹으면서도 막지 않았다. 40여 개국을 다녀왔다. 두 번씩 간 나라를 합치면 50여 개국은 될 것 같다.

어느 정도 갈증이 풀렸는가 싶어 문예 강좌를 듣기 시작했다. 강좌를 듣고 돌아와 그동안 나는 무엇을 했나 싶었다. 유명 강사의 그 대학 그 학과를 원했다면 나도 입학할 수 있었을지도 모른다며 하릴없이 서러워하였다. 그때 결혼 후 정말 처음으로 늦지 않았으니 시작해 보라는 격려의 말을 들었다.

남편은 내가 무엇이 되고 싶었고 꿈이 무엇이라고 하면 위대한 사람 또 한 사람 나왔다고 비웃으며 한마디로 잘라버리곤 했던 사람이었다. 그런데 내가 게으름을 피우면 공부하라며 오히려 글쓰기에 도움을 주고 부추겼다. 30여 년을 살았어도 그의 마음을 알 수가 없다. 다시 한번 복잡

미묘한 남자의 세계는 알 수가 없다고 생각하게 되었다.

남편은 공대보다는 수학을 전공해서 수학교수가 되고 싶었지만, 고학을 해야 했기에 어쩔 수 없이 서울의 공대를 지망하게 되었다고 한다. 어릴 때 한문을 많이 배우고 학구적인 사람이어서 나보다 항상 책을 더 많이 읽고 가까이한다.

삶은 굽이굽이라고 했다. 남보다 좀 더 배웠다는 것이 때로는 더 심한 절망의 나락으로 전락할 수도 있었다. 이제서야 힘들었던 지난 세월도 한낱 웃음으로 넘길 수 있을 것만 같다. 수필가라는 이름도 달게 되었으니 남은 세월도 열심히 살아갈 것이다. 이런저런 사연으로 소원해진 친구들을 다시 맺는 노력을 기울이며 살려고 한다.

가로세로 그어져 힘들게 살아온 순환의 매듭 매듭이 풀렸으면 좋겠다.

제5부

그리운 것은 눈을 감아야 보인다

별이 빛나는 밤

그리운 것은 눈을 감아야 보인다

흑진주 아바나

프라하의 카를교

흔들리는 숲 타트라

시베리아 바이칼 호수

달 가듯이

프리즘을 통과한 빛

나는 수필을 이렇게 쓴다

별이 빛나는 밤

햇살이 강렬한 8월이다.

무더위를 식혀 주는 세찬 소나기를 기대하듯 문향을 찾아 나선다.

경북 안동은 양반과 선비가 많고, 향교(서원)의 고장이다. 그래서 안동의 삼다(三多)라 이른다. 태백산, 소백산 기슭을 병풍처럼 싸안고 돌아 산이 깊다. 이웃한 예천과 안동은 전형적인 유교 전통이 남긴 문화권이다. 두 곳은 평소 3시간 거리인데 휴가철이라 6시간이나 걸렸다.

왕모산 능선 원천리 불미골에 세워진 민족시인 이육사 문학관으로 향한다. 본명은 이원록(李源祿), 호 육사(陸史)는 1927년 장진홍의 조선은행 대구지점 폭파사건에 연루

되어 대구형무소에서 옥고를 치를 때의 수인번호 264에서 나왔다고 전해진다. 선생은 길지 않은 생애에 17번 영어의 몸이 되었으며, 1944년 1월 16일 중국 일본 총영사관 감옥에서 끝내 광복을 보지 못하고 39세에 순국하셨다.

　　내 고향 칠월은

　　청포도가 익어 가는 시절

　　(중략)

　　아이야 우리 식탁엔 은쟁반에

　　하이얀 모시 수건을 마련해 두렴.

　나는 이 시의 마지막 연을 좋아한다.

　은쟁반에 돌돌 구르는 시어들. 열세 모시올 같은 섬세한 심성을 가진 시인이면서 어찌 불굴의 정신까지 겸비하였을까, 의문이다. 주절이주절이 열리는 '청포도(靑葡萄)' 시비 앞에서 고개를 숙인다. 민족의 양심을 지키며 강인하면서도 목가적인 정신세계를 지녔던 이육사 선생에 머리 숙여 묵언한다.

식민지 박해가 심해질수록 많은 문인들이 훼절의 길을 걷지 않을 수 없었다. 그 암흑기에도 시인은 끝까지 지조를 굽히지 않았다. 그의 마음속엔 언제나 싱싱하게 청포도가 익어 가는 고향 마을이 있었기 때문일까. 전통적 유교문화가 빚어 낸 선비문화의 영향이 크지 않았을까, 기려본다.

안동의 인다(人多)에는 그 정점에 대유(大儒) 퇴계 이황 선생이 우뚝 서 있다.

도산서원으로 오른다. 비탈 아래로 유유히 낙동강이 흐른다. 수중에 시사단(試士壇) 쪽배 섬이 떠 있다. 시제(試題)를 써 내린 깃발이 펄럭이듯, 봉황 자락이 펼쳐지는가 싶더니 어느새 환영은 간 곳 없다. 심한 멀미로 머리가 허공에 둥둥 떠 있어서인가. 유구한 세월만 의구하니 흘러간다.

시사단은 정조 대왕이 퇴계 선생의 학문을 기리기 위해 세운 단이다. 불원천리 한양 길을 줄여 지방 선비들의 사기를 높여 주기 위해 어명으로 특별과거인 '도산별과'를 보인 자리다. 총 응시자가 7,228명이었고 임금이 직접 11명을 뽑아 시상할 만큼 유서 깊은 별과 자리였다.

그리고 솔숲에 들어앉은 도산서원(사적 170호)은 배산임수의 전형이다. 퇴계 선생은 4년에 걸쳐 직접 도산서당을 짓고 후학들을 길러냈다. 현재의 도산서원은 사후 문인과 유림이 세운 서원이다. 현판은 한석봉의 친필을 선조 임금이 사액한 것이란다.

인간은 "이(理 : 四端)로써 기(氣 : 七情)를 다스려 선한 마음을 간직하여 바르게 살아가야 한다. 모든 사물을 순리로 운영해 나아가야 한다"는 것이 퇴계 선생의 사상이다. 선각자요 대유학자인 선생은 후세에 큰 귀감이 되었다.

비몽사몽간 다시 버스에 오른다. 영양은 처음 길이었다. 장거리에 시달리며 출발한 지 무려 10시간이 지나서야 도착했다. '환영 강남문인협회'란 현수막을 내걸고 영양문인협회 회원들이 기다리고 있었다.

얇은 사 하이얀 고깔은 고이 접어 나빌레라

조지훈 선생의 '승무'는 한참 감수성이 예민하던 여고 시절 많은 여학생들에게 아름다운 시심을 안겨 준 시다. 긴 시간이 지났지만 처음 읽었을 때처럼 곱고 여리다. 그리고 애틋한 마음이다. 생가가 있는 주실 마을은 사대부

전통가옥의 멋과 규모가 대단했다. 시인의 예술혼을 살리기 위해 많은 공을 들인 듯싶다.

"지조는 선비의 것이고 교양인의 것이며, 모름지기 지성인이라면 누구나 갖추고 있어야 하는 최고의 덕목이다." 이 '지조론'을 읽으며 지조의 시인, 선비, 학자, 수필가로서의 조지훈 선생의 삶을 다시 의미 깊게 새겨본다.

시인의 생가 문학관을 찾는 것은 민족정신과 문학정신, 불우했던 시대에 어떤 삶을 살았는가를 유추할 수 있는 바람직한 기회가 된다. 가시밭길 성현들의 삶이 우리에겐 위로요 희망이다.

역사적인 발자취를 찾다 보면 방방곡곡 숨은 인재가 없는 곳이 없다. '시대가 영웅을 낳는다'고 한다. 요즘같이 우매한 사람들이 판을 치는 난세에선 다시 새겨볼 만한 화두임에 틀림없다. 나태해지기 쉬운 일상을 추스르는 재충전의 기회로도 필요하다.

이 고장이 낳은 오일도 시인의 선홍빛 '저녁놀'이 하늘을 덮는다. 서서히 서쪽으로 몰려가 회색빛으로 변한다.

문학기행은 뒤풀이도 빼놓을 수 없는 즐거움이다. 숙소 무창리 리조트에 짐을 풀고 하루 마감을 안도하며 친교의

장이 마련되었다. 회원들이 손을 잡고 모닥불 주변을 빙글빙글 원을 그리며 돌아간다. 나는 왁자지껄 흥거운 웃음소리를 잠시 벗어나 홀로 나선다.

흐릿한 밤하늘을 올려다본다. 동쪽에 열아흐레 하현달이 비스듬히 떠오른다. 거뭇한 어둠에 폴라리스(북극성), 북두칠성, 이름 모르는 별들이 깜박인다. 밤하늘에 은하수를 못 본 지도 꽤 오래되었다. 서울의 밤하늘에만 별이 없는 줄 알았는데, 지난 6월 올랐던 설악산 봉정암 밤하늘에도 별이 많지 않았다.

여름밤을 수놓았던 별유천지. 하얗게 하늘에 꼭꼭 박혀 있던 그 많은 별들은 어디로 숨었을까. 하나둘 사라지는 세정(世情)이 아쉽고 슬퍼지는 객창의 밤이 이슥하다. 무창리 산촌의 밤, 모닥불이 재를 남기고 사그라진다. 이육사 선생의 '청포도 익어 가는' 밤. 별이 빛나는 객창의 밤이 깊어 간다.

그리운 것은 눈을 감아야 보인다

숨이 가쁘다. 6월 후덥지근한 마른장마에 몸도 마음도 시달렸다. 추슬러야 하는 절박감에 서둘렀다. 여행사에 예약하고 일주일 후 하늘길을 번개같이 날았다.

하늘색 청바지, 모자 달린 흰 상의에 하얀 머플러를 목에 둘렀다. 만년설이 켜켜이 덮인 노르웨이 설산에 대한 내 마음의 외경심이라고 할까.

1997년 6월 북유럽을 다녀온 뒤 다시 가 보고 싶은 마음이 간절했다. 저 많은 흰 소금을 누가 겹겹이 뿌렸을까. 하늘과 맞닿은 희디흰 땅. 뭉게뭉게 덧덮여 있던 하얀 눈. 5~6m씩 쌓인 눈, 산을 겨우 뚫어 설원을 하루종일 달리던 노르웨이를 잊을 수 없었다.

얼마 만에 다시 보는 오슬로인가. 여전히 태양은 찬란하다. 공기는 맑고 상쾌하다. 색색의 붉은 벽돌집 건물이 들어선 번화가. 간요한 거리를 걷는 사람들의 표정엔 웃음꽃이 피었고 여유가 있다. 처음 여행 때보다 20여 일 늦었지만 같은 달인데 설산이 보이지 않은 것이 이상할 뿐이었다.

　노르웨이는 바이킹의 후예답게 많은 전설이 있다. 그 옛날 사용됐던 배 세 척이 오슬로 프람호 박물관에 복원, 전시돼 있다. 노르웨이 탐험가이자 독립 영웅인 난센이 북극 탐험을 위해 제작했다는 배 프람호다. 그 위풍당당함은 찾아간 손님에게 무례할 만큼 위압적이다. 영화에서 물 찬 제비 모자를 쓰고 번쩍거리는 칼을 휘두르던 바이킹은 약탈자인가 의적인가? 헷갈리게 한다.

　제2도시 베르겐 인근에는 〈솔베이지의 노래〉 작곡가, '북구의 쇼팽'이라 불리는 에드바르 그리그의 생가가 있다.

　　그 겨울이 지나 또 봄은 가고 또 봄은 가고
　　그 여름날이 가면 또 세월이 간다. 세~월~이 간다.

〈솔베이지의 노래〉를 흥얼대면 수려한 호숫가에 5척 키의 왜소한 그리그의 동상이 외롭게 서 있던 기억이 떠오른다. 가수였던 부인 니나가 남자들과 화려한 파티로 밤을 지새울 때 얼마나 외로웠을까. 그래서 〈솔베이지의 노래〉 같은 명곡이 나오지 않았겠느냐는 가이드의 설명에 공감했던 기억이 어제인 듯 아련하다.

한참 전 중앙일보에 소설 〈푸른 눈물〉이 연재되었다. 조선시대가 배경이지만 주인공 '리진'이 벽안의 남자와 사랑에 빠진 이야기다. 몇 회인지는 모르나 '그리운 것은 눈을 감아야 보인다'는 문장이 눈에 띄었다. 평범하지 않은 그들의 사랑만큼 순수하고 아름다운 매력을 느꼈다. 그 후 무작정 그리움이 밀려올 때는 눈을 감는 버릇이 생겼다. 노르웨이의 설산이 나타나곤 했다.

지구 온난화는 그곳도 피해 갈 수 없었다. 10여 년 전부터 만년설이 녹아 17년 전 내가 처음 방문 때 올랐던 브릭스달 빙하도 통째로 사라졌다. 사라지는 것이 어찌 빙하뿐이랴. 그날 내 곁에 있던 사람도 떠나고 없다. 아직은 푸른 피오르가 흐르고 있어 머지않아 가을이 오면 곧 설국이 되리라 스스로 달랜다.

많은 나라 중 노르웨이를 좋아하는 것은 자연 그대로가 온전히 남아 있기 때문이다. 하늘 반, 숲 반, 물 반, 고요 반의 나라. 그곳에서는 구경하며 스치는 것, 느끼는 것, 생각하는 것을 가벼이 여겨도 괜찮다. 또 가슴 깊이 숨겨 놓은 그리운 얼굴을 한 번씩 꺼내 보아도 뭐라 할 사람이 없을 것 같아서 좋다. 놓칠세라 숨겨 놓은 얼굴을 꺼내 그리워하며 잠시 행복해한다.

산악 열차 '플롬' 기차역이 가까워 오자 그제야 설산이 나타난다. 플롬바나 관광 열차를 바꿔 타고 다시 빗속을 달린다. 날씨가 변화무쌍하다. 하루에도 몇 번씩 소나기가 내린다. 안개비로 바뀌고 세찬 폭우로 돌변한다. 금세 파란 하늘이 드러난다.

산 정상에서 녹은 물 폭포, 하얀 거품을 일으키며 안개 구름이 살짝 가린 협곡 아래로 떨어진다. 열차가 구불구불 내려가는 곳곳, 빨강 주황 기와(판넬)를 얹은 집 유리창에 물방울 수채화를 그려 놓으며 간다. 20여 개의 터널을 통과하며 기차가 속도를 높일수록 기기묘묘한 산자락에 정신을 빼앗긴다. 세계에서 제일 긴 래르달-아울란드 터널은 통과하는 데만 25분 정도 소요되었다.

노르웨이는 빼어난 피오르의 나라다. 빙하의 침식으로 생긴 협곡 사이 형성된 바다 같은 피오르가 노르웨이 해안 전체에 형성되어 있다. 땅 한복판까지 깊숙이 들어온 바다와 땅의 속살이 만나 어우러진 잉크빛 피오르. 빙하가 제 살을 깎고 그 위에 만년의 시간과 바람이 빚어 놓은 숨막히는 아름다움이 숨 쉬고 있는 것이다.

크루즈가 하당게르 피오르 물 위를 달린다. 속도를 높여 좁게 휘어진 물길을 통과할 때는 깎아지른 벼랑이 양 옆에서 달려들 듯해 놀랐다. 갑자기 속절없이 떨어지는 폭포수가 눈앞을 가로막았다. 숲의 요정이 햇볕 대신 협곡의 얼음골을 녹였는가. 낭떠러지에 일으키는 하얀 물보라와 산자락의 푸름에 눈을 떼지 못한다.

부지런히 내 눈 카메라 셔터를 눌러댄다. 출발할 때 숨이 가쁠 만큼 시달렸던 몸도 마음도 계곡의 물보라에 하얗게 닦여 가벼워진다. 내가 숲, 물보라, 얼음골, 요정이 되듯 눈물이 난다.

노르웨이는 아름답다. "피오르는 바다도 강도 아니다. 피오르일 뿐"이라며 정색하던 현지인들. 위대한 자연의 선물에 자부심이 대단하던 그들이 부럽다.

노르웨이 여행에 하늘색 청바지, 흰 상의를 입고 하얀 머플러를 목에 두르고 출발한 것은 돌아갈 수 없는 시간에 대한 그리움 때문이다. '그리운 것은 눈을 감아야 보인다'는 문장에 이끌리는 것 역시 그립지만 볼 수 없는 그리움에 대한 그리움이 고여 있다. 삶의 무게에 눈물 흘리며 살아온 세월이 억울해서이기도 하다.

그리고 만년설에 잠든 산악인들에게는 죄스러운 생각일지 모른다. 내 마음속에는 설산에 흰 떨기(꽃)로 묻히고 싶은 목마름이 있다.

흑진주 아바나

신문에 "그리스 전 지도자들의 사형으로 드러나는 잔학
행위들" 이것은 "그날 아침의 '공포'로 시작해서… '유령들
의' 정렬… '소름끼치는' 장면…"(Simpson 1996:121)이라고 쓴
기사를 읽은 헤밍웨이는 이 사건이 발생한 지 석 달 만에
이 스토리를 이렇게 썼다고 한다.

"아침 6시 30분, 그들은 그 병원의 벽에 기대선 여섯 명
의 내각 수상들을 쏘았다. 법원 뜰에는 수영장이 있었
다. 법원 뜰의 보도에는 죽은 잎들이 젖어 있었다. 몹시
비가 내렸다. 병원의 모든 셔터는 닫혀 있었다."《서술이론
I》 2015:276)

이 글은 어니스트 헤밍웨이의 《우리 시대에(In Our Time)》(1924)에서 읽은 삽화 글이다. 실제 역사적 사건에 근거한 글이다. 터키에 대항하는 아테네 여섯 명의 그리스 전 내각 수상들에 대한 사형사건 이야기다.

헤밍웨이의 버전은 법원 뜰 수영장, 죽은 잎들, 비, 병원 셔터 등 비인간적인 사실마저도 순수하게 묘사된다는 것을 알았다. 그의 삽화 글을 읽으며 이야기 속으로 끌려들어가 흑진주 아바나 여행을 서둘렀는지 모른다.

얼마를 지났을까, 비행기 꼬리에 노을이 불붙기 시작한다. 서쪽으로 서서히 스러지는 해넘이 잔상에 먹물 번지듯 하늘에 검은 장막이 펼쳐진다. 깃털처럼 가벼워진 내 몸이 허공을 날고 있다.

아바나 공항 입국 수속이 여간 까다로운 게 아니다. 2시간 동안 가방 구석구석을 뒤지고 일행 세 사람을 놓아 주지 않아 새벽 3시가 되어서야 호텔에 들었다. 결국 먹을 것이 반이라는 일행의 여행 가방은 돌려받지 못했다. 물자가 귀한 나라라 종종 가방이 분실된다고 한다. 가뜩이나 공산국가여서 긴장되는데 덜컥 겁이 났다.

잠시 눈을 붙였나 싶은데 새소리에 무거운 눈꺼풀이 떠진다.

창문을 열어젖히니 부슬비가 내린다. 말끔하게 정돈된 거리는 조용했다. 공항에서의 일도 있어 공기가 무거우리라 생각했다. 현지 가이드가 밝은 얼굴에 친절하다. 북한 김일성대학에서 한국어를 조금 배웠다는 청년이다. 그의 안내를 받으며 관광길에 나섰다.

아바나에는 저마다 특색이 다른 광장이 네 곳이다. 아르헨티나 체 게바라 동상이 있는 혁명광장으로 갔다. 쿠바 혁명을 위해 열정을 바친 그를 잊지 않는다고 한다. 혁명광장은 카스트로가 쉬지 않고 5시간을 연설한 곳으로도 유명하다. 혁명의 열기는 얼마나 불꽃처럼 뜨거웠을까. 여기저기 기웃거린다.

모로, 카바나는 해적의 침입을 막기 위해 바다 가운데 세워진 요새다. 구시가지와 신시가지가 해저터널로 연결된다. 신시가지로 넘어오니 모로 절벽 아래 카리브해 푸른 바다가 넘실넘실 두둥실 춤을 춘다. 방파제에 남아 있는 총기, 대포가 어마어마한 규모. 중남미 연안 국가들이 얼마나 오래전부터 해적의 위협을 받았는지 알 것 같다.

16세기부터 조성되었다는 비야헤 광장 거리에는 '나우리나가나' 가로수가 하늘을 가릴 듯이 무성하다. 봄에는 빨간 꽃이 피어 눈길을 끈다. 가을에는 열매가 주저리주저리 매달려 이색적이란다. 철이 지나 빨간 열매를 볼 수 없어 아쉽다.

'암보스 문도스' 호텔로 발길을 돌린다. 호텔 511호는 헤밍웨이가 《누구를 위하여 종은 울리나》를 집필한 장소로 유명하다. 호텔 정문에 'Ambos mundos'라 쓰여 있는 안내문이 시선을 끈다.

"모든 존재는 따뜻하고 생생하게 반짝이다가 언젠가는 고요해지고 희미해져 끝내 흔적 없이 사라져 버린다는 걸 알기 때문이겠지. 소멸과 망각의 두려움은 동상을 만들고 기념관을 세우게 하지만, 그 앞에서 우리는 안도하기보다는 앙금처럼 고이는 허무를 대면하게 된다."

현판이 경고문인 듯 어렵다.

여행은 사라진 존재들의 기념될 만한 곳을 보기 위해 찾아가는 것. 전시해 놓은 책, 연필, 사소한 소품일지라도 체취를 느껴보고 싶고 눈으로 확인하고 싶어 한다. 헤밍웨이가 사용한 타이프라이터와 안경이 그대로 보존되어 있다. 로비에는 그의 사진으로 도배를 해 놓았다.

80여 년 전 세웠다는 움직이는 철골동품 같은 엘리베이터를 타고 커피 라운지가 있는 옥상으로 올라갔다. 쇠막대기로 얼기설기 얽어 놓은 엘리베이터는 덜컹덜컹 소리가 나고 움직이는 창살 감옥 같기도 하다. 라운지에는 3인조 밴드가 '베사메무쵸'를 연주하고 있다. 헤밍웨이가 즐겨 마셨다는 '다이키리' 술과 커피를 마시고 사진을 찍었다.

헤밍웨이는 이 카페 플로리디타에 자주 들러 모히토와 다이키리를 즐겨 마셨다. 모히토는 쿠바산 럼에 소다와 얼음과 라임즙, 민트즙을 넣은 칵테일이다. 달콤한 첫맛에 이끌려 마시다 보면 투명한 색에 자신을 감추고 있던 럼주의 독함에 빠지고 만다. 다이키리는 얼음을 갈아 럼주에 붓고 사탕수수즙을 부어 휘휘 저어 먹는 술이다. 폭염 속에 일하던 쿠바 노동자들이 갈증을 해소하기 위해 만들었다니 우리나라 막걸리와 비슷한 술이라 하겠다.

우습게도 관광객들은 너도나도 헤밍웨이가 되는 양 그 술을 마시고 그 기분을 즐기려 한다. 술잔에 둥둥 떠 있는 민트 향기를 코 가까이 맡아 본다. 맥주도 입에 못 대는 나지만 이 기회를 놓칠세라 혀끝에 맛을 본다. 밋밋한 맛과는 달리 전신이 핑 돈다.

유네스코 문화유산으로 지정되어 있는 아바나 구시가

지는 카리브해의 흑진주라 불릴 만큼 품격을 갖췄다. 카페드랄 방파제를 따라 이어지는 산책 거리에는 하루 12번 물빛이 변한다는 에메랄드 바다가 출렁거린다. 해무 속에 수평선이 아스라하다. 하루의 짧은 관광이지만 왜 헤밍웨이가 이 나라를 떠나지 못했는지 알겠다. 많은 미국인들이 쿠바를 아름답다고 열광하는지를 유추해 본다.

그리고 헤밍웨이의 《우리 시대에》에서 읽은 삽화 글처럼 헤밍웨이의 문학적 버전과 글을 쓰며 머물렀던 곳, 추억의 집, 추억의 거리에 남은 흔적은 많은 사람들 가슴에 짙은 향기와 그리움을 안겨 준다. 작가는 영원한 생명을 지녀 후세 사람들에게 상상의 날개를 달아 주고 꿈을 먹고 살게 하는가.

저만치 마초 헤밍웨이가 뚜벅뚜벅 걸어가는 그림자에 숙연해진다. 다시 화등잔만큼 커진 눈이 내 상상에 놀란다.

프라하의 카를교

길은 어디서 시작해 어디쯤에서 끝나는가. 여행은 끝이 없는 길 위를 유랑하는 것이다.

체코 국경을 통과하자 포도밭이 나타난다. 눈앞에 펼쳐진 포도덩굴이 동그라미를 그리며 춤을 춘다. 바람이 일 때마다 대롱대롱 돌아가는 팔랑개비 경연장 같다. 노랑, 파랑, 빨강색의 향연에 눈이 휘둥그레진다.

그제 보았던 비엔나의 노랑궁전 쇤브룬이 겹쳐진다. 오스만제국의 합스부르크 왕궁은 여왕 마리아 테레지아가 좋아하는 노란색 일색이었다. 지붕과 벽, 숲속의 나무와 정원수까지 노란 단풍의 수종들로 이어진다. 그 주변은 하늘과 땅 그리고 공기까지 노란빛이었다.

체코의 수도 프라하도 노란색 단풍 냄새를 품고 있어 공기가 해맑다. 프라하는 동유럽의 꽃이다. 세계에서 관광객이 구름같이 모여드는 곳이다. 동구의 로마라고 할 만큼 도시 전체가 유적지다. 중세도시 중 제2차 세계대전 때 유일하게 폭격을 면한 곳이라, 구시가지는 중세 박물관을 방불케 할 만큼 아름답고 우아했다.

카를교에서 바라본 경관은 동유럽의 백미라 할 만큼 아름다움의 극치였다. 650년 된 카를교 아래 불타바강이 흐르고 다리 난관마다 예수 12제자가 청동으로 조각되어 있다. 다리를 건너자 고색창연한 성, 우아한 크림색의 프라하 왕궁이 화려하게 자리하고 있다. 화창한 날씨 탓인지 왕궁 지붕도 빛나고 다리의 조각상도 살아서 행진하고 있는 듯했다.

시청사 넓은 광장에는 사람들이 벌떼같이 모여들어 왕왕거렸다. 14세기에는 무역 중심지였는데 황금기를 나타내기 위해 세워 놓은 천문 시계탑 종소리를 듣기 위해 모인 사람들이었다. 천년 전 청동설의 우주관을 그대로 보여 주며 매시간 종을 '땡땡' 쳤다. 종소리가 울리면 시계의 작은 창이 열리고 예수의 12제자 인형이 하나씩 나타났다 사라지는 것이 무척 이채로웠다.

첨탑에는 수탉 조각이 다른 의미의 종소리를 전하며 마지막은 '꼬끼오' 힘찬 닭 울음으로 끝났다. '꼬끼오' 울음은 죽음 전에 회개를 하라는 메시지라고 한다. 14세기에 이런 철학적 의미를 담은 상징물을 만들었다니 놀랍지 않은가.

숱한 세월, 전쟁 중에도 옛 건물들을 훼손시키지 않고 그대로 잘 보존해 온 역사성이랄까. 체코는 전쟁이 일어났다 하면 무조건 항복하고 제일 먼저 손을 들어 버린다고 한다. 이웃 폴란드는 죽을 때까지 항복하지 않고 버틴다는 것이다. 그래서 2차 세계대전 때 폴란드 국토는 80퍼센트가 파괴되었고 아직까지도 복원 중이었다.

국민성이야 어쩌지 못하겠지만 프라하는 웅장하고 찬란한 예술품 전시장 같은 도시다. 하늘을 찌를 듯이 솟은 성당의 탑과 거대한 건물만 있는 것이 아니다. '황금 소로(小路)'로도 유명하다. 16세기 그대로 좁은 골목 안에 작은 집들이 다닥다닥 붙어 있다. 옛 황금 연금사와 궁전 호위병들이 살았다고 한다. 규모가 작아 들어갈 때는 허리를 굽혀야 겨우 들어갈 수 있었으니, 옛 사람들은 난쟁이만큼이나 체구가 작았던 게 아닌가 싶었다. 지금은 관광객을 상대로 서점, 레코드가게, 선물가게들이 있어 좁은 골목 안이 북새통을 쳤다.

아침부터 바쁘게 시가지를 휘돌았더니 오후에는 나른한 피곤이 몰려왔다. 이곳은 1968년 소련군 탱크 7천 대를 맨몸으로 막아 낸 '프라하의 봄'으로도 유명하다. 바츨라프 광장에서 일어난 민주화 운동이 좌절되었다가 1988년 민중운동 지도자 하벨 대통령이 취임하면서 프라하에 다시 봄이 왔다.

유네스코는 1991년 프라하를 '역사 도시'로 지정해 세계인이 보호해야 할 문화유산으로 인정했다. 그들은 전쟁과 침탈의 역사에도 찬란한 문화를 꽃피워 냈는데, 우리는 반만 년 역사를 자랑하지만 무엇을 남겼나 싶어 의기소침해진다. 부러움이 겹쳐 더 피곤이 오는지 모르겠다.

독일에서 만난 유학생 가이드의 말이 생각났다. 가로수 밑 테두리 하나에도 나무가 어떻게 하면 잘 살 수 있나 생각해서 도안하는 입안자의 혜안이 그렇게 부러울 수가 없다고 한다. 적어도 백 년 앞을 바라보고 정책을 세우는 원칙과 합리적인 선진국 사고가 부럽다고 아쉬워하던 그 모습이

사뭇 잊혀지지 않았다.

나 역시 남의 문화에 환호하고 감격하고 나면 우리는 무엇을 했을까 싶어 허전하고 야속하게 느끼지는 마음 어쩔 수가 없다. 다른 문화를 접하면 자신도 모르게 내 나라와 비교하게 된다. 외국에 나오면 모두 애국자가 된다는 말을 실감한다.

여행은 생기를 잃어버린 목마름에 갈증을 풀어 준다. 막혀 있는 숨통을 틔워 주는 숨길이 되어 준다. 이번 여행은 동유럽의 가을이 보고 싶어 혼자 떠나왔다. 홀로 사색의 숲에서 보낸 십여 일은 꿈꾸는 시간이었고 행복한 여정(旅情)이었다. 무작정 떠나기를 좋아하는 나는 '또' 몇 달이 지나면 길 위를 방랑하는 나그네가 될 듯하다. 그 길 어디쯤에서 나의 길을 발견할 수 있을까, 다시 물음표를 남긴다.

흔들리는 숲 타트라

타트라는 만추의 삼원색 잔치가 한창이다.

동유럽 슬로바키아 공원 '타트라'를 향해 버스가 달린다. 울울창창 만추의 숲을 헤치며 나아간다. 텅 빈 길을 달린다. 호젓하고 고요하다.

폴란드 아우슈비츠 수용소가 있는 크라카우를 빠져나와 슬로바키아 국경을 넘는다. 빨강, 노랑, 초록, 삼원색 잔치가 벌어진 가을 숲길이 이어진다. 빨강, 노랑, 초록을 비벼 놓은 듯한 황엽(黃葉) 지붕은 세모에 각지고 고깔 모양이다. 밝고 무척 멋스럽다. 사람이 살고 있기나 한가. 간간이 담장 위로 긴 목만 내밀어 사람이 살고 있음을 알수 있다.

타트라는 동물 보호지역이다. 지구상에 몇 남지 않은 슬로바키아가 아끼는 청정지역이다. 해질 무렵 늦어서야 버스는 국립공원 타트라에 도착했다. 호텔 폴라나에 여장을 풀고 창문을 열어젖혔다. 서녘 하늘이 시퍼렇게 물에 젖어 있었다.

룸메이트 박 여사와 밖으로 나왔다. 병풍처럼 둘러싼 산이 첩첩이고 숲이 겹겹이다. 쭉쭉 뻗은 전나무 자락 끝에 보름달이 떠 있다. 시퍼런 서기를 뿜어내듯 달이 섬뜩하다. 푸르른 빛에 겹겹 싸인 달의 칼날에 살이 베일 것만 같다. 빠끔 내민 밤하늘에 촘촘히 밝혀 있는 하얀 별들은 졸리는 듯 눈을 깜박이며 파르르 떨고 있다.

세 겹, 네 겹, 다섯 겹의 산이 밤인데도 푸른 서기가 제각각이다. 청보라, 청회색, 청초록 산봉우리는 마치 하늘에 걸려 있는 듯 서기를 뿜어낸다. 옅은 안개가 감싸기 시작한 산은 신비스럽고 괴기스럽기까지 하다. 이런 밤을 휘저어 한아름 안을 수 있다니, 신선이 따로 없다. 왜 나는 자연 속에 묻히기를 갈구하며 헤매는가. 내가 나를 모르겠다.

신령스러운 산속 밤을 돌아섰을 수 없어서 혼자 남는다.

바위를 깔고 앉아 깊은 잠에서 산이 눈뜨기를 기다린다. 자정을 넘긴 밤은 내 가슴을 싸늘히 식힌다. 한시름 지나자 여명에 산이 꿈틀거렸다. 찰찰찰 물소리가 들린다. 어둠 속에 다가서는 산의 숨소리는 경이롭다 못해 내 가슴을 흔들어 눈을 아프게 한다.

호텔 주변은 넓은 풀밭이 펼쳐져 있다. 경사를 이룬 아래는 개울물이 찰찰찰 흐른다. 어둠 속 이국 풍경은 경이롭다 못해 이런 밤을 혼자 품에 안을 수 있다니, 땡그랗게 눈뜬 내가 신선이 된 것 같다. 그리고 타트라는 여명의 빛살 기적에 산이 숨 쉬듯 흔들리는 숲이었다

찬 공기를 깊이 마시며 아이처럼 '야호' 하고 산을 불렀다. 내 목소리도 공중에 뜬다. 메아리가 산을 흔들어 맑은 새벽 공기가 겹겹으로 주름을 잡는다. 주름이 겹겹으로 흔들려 원시 숲이 숨을 쉬고 있다.

다시 버스가 남쪽으로 출발했다. 정갈하고 한가로운 시골 풍경이 이어진다. 풀 내음, 두엄 냄새가 코를 스치고 평화롭게 보이는 작은 집들은 빨강, 노랑, 초록, 삼원색 한 폭의 풍경화다.

길은 텅 비어 있다. 누군가는 비어 있는 길을 보고 싶다고

했다. 그 비어 있는 길을 이 아침 하염없이 버스에 실려 달린다. 타트라는 여명의 빛살 기침에 흔들리는 숲이다. 여명의 빛살을 받는 타트라는 흔들리는 숲으로 남았으면 좋겠다.

아! 부러운 곳이다. 다시 올 수 있을까? 가슴에 염원을 다독다독 눌러 담는다. 이 아침 감사에 겨운 눈물을 흘린다.

시베리아 바이칼 호수

예약을 서둘러 마쳤다. 시베리아 바이칼 호수. 몇 달을 지쳐 맞춤 처방이라도 하듯 에너지가 필요했다.

7월 24일 인천공항에서 시베리아 하바롭스크행 비행기에 오른다. 3시간여 날아 하바롭스크에 도착 후 다시 비행기를 갈아타고 3시간 30분을 더 날아 이르쿠츠크에 도착했다. 자정 가까워서 호텔에 들었다. 12시간 동안 연결편을 세 번 갈아탔다. 이르쿠츠크까지 직행이 있다는 것을 나중에야 알았다.

새벽부터 부슬부슬 비가 내린다. 궂은 날씨 때문인지 도시가 고즈넉하다. 비를 맞으며 세계사적 도시 이르쿠츠크 순례길을 나선다.

이르쿠츠크는 시베리아 철도가 이어지는 우랄산맥 지역 중앙아시아를 잇는 교통의 요지다. 시베리아의 넓은 초원을 따라 세워진 도시 중 400여 년의 역사를 가진 도시다.

18세기 중엽 이르쿠츠크 원정대와 상인들이 알래스카까지 진출함으로써 시베리아의 중요 도시로 군림하게 된다. 이르쿠츠크 시내에 19세기 초 혁명에 실패하여 유배된 볼콘스키 공작의 데카브리스트를 기린 박물관과 역사의 자취가 남아 있다. 백군에 의해 총살당한 시신이 버려졌다는 앙카라강 부근에 근래 세워진 그의 동상이 외롭게 서 있다.

러시아의 알래스카는 역사적 아이러니의 땅이기도 하다. 18세기에는 눈덩이밖에 없는 동토로 알고 알래스카를 미국에 헐값에 팔아 버린 어리석음을 시금까시도 그들은 후회한다고 한다. 그 사실을 안내자에게 듣고 고소로 답한다. 미국 영토 알래스카는 무진장한 자원뿐만 아니라 중요한 전략 요충지로도 알려져 있다.

창으로 보이는 풍경은 '유럽의 파리'라는 말답게 침엽수와 자작나무 숲이 이어진다. 훼손되지 않은 자연을 그대로 간직한 채 주체하지 못할 만큼 넓고 넓은 땅을 가진 그들이 부러워 볼멘 입이 튀어나온다.

시베리아 남동부를 흐르는 앙카라강을 따라 바이칼 호수의 리스트비얀카로 향한다. '풍요로운 호수'라는 뜻의 바이칼 호수는 세계에서 세 번째로 크다. 수심이 1,742m로 세계에서 가장 깊고, 길이는 남북으로 636km다. 약 2,500만 년 전에 생겨난 호수로 전 세계 인구가 2,500년 동안 하루 한 병씩 마실 수 있는 수량을 갖고 있다. 파란 물감을 풀어 놓은 것 같은 호수를 '시베리아의 진주'라고도 불렀다.

바이칼 호수를 하염없이 바라본다. 푸른 물결이 끝없이 펼쳐져 있고 길게 능선을 이룬 프리모르스키 산맥이 병풍처럼 굽이굽이 돌아쳐 광활한 호수를 지키고 있다. 우리가 탄 유람선이 프리모르스키 산맥 주변 물결을 헤치며 앞으로 나아간다. 이 산맥에서 뚝 떨어져 바위섬처럼 보이는 부르카 샤먼 바위가 서 있다. 그 바위는 바이칼 신에게 제사를 올리는 성소다. 샤먼의 아들들이 금기를 어겨 돌이 되었다는 삼형제 바위, 사랑의 바위 등 전설에 걸맞은 자태를 뽐낸다.

이번 여행은 시베리아를 가로질러 질주하는 시베리아

횡단열차를 타는 것이 목적이었다. 블라디보스토크를 출발해 러시아 모스크바까지 약 9,288km를 매일같이 달리는 이 시베리아 횡단열차는 혁명 전에 놓인 철도다. 지나가는 주요 역만 59개, 기차를 타고 가는 동안에도 시간대가 9번 바뀌는 세계에서 가장 긴 철도다. 이 긴 여정은 러시아 역사의 상징성을 보여 주는 동맥이라 할 수 있겠다.

그러나 우리에게 시베리아 횡단열차는 아픔의 역사이기도 하다. 1937년 9월부터 연해주에 살고 있던 18만 명의 고려인들을 목축을 나르는 화물칸에 태워 중앙아시아로 강제 이주시킨 사건이다. 중앙아시아 허허벌판에 도착했을 때 고려인 1만 명 이상이 사망했다고 한다. 1900년대 초에 이주민으로 터를 닦았던 고려인들은 블라디보스토크에 지금도 많이 살고 있다.

블라디보스토크역 부근에 그때 실제로 운행했던 증기기관차를 전시해 놓았다. 그리고 시베리아 횡단열차가 끝나는 구간을 표시한 9,288km 기념비가 세워져 있다.

본격적인 구간의 시베리아 횡단열차를 갈아타기 위해 이르쿠츠크에서 다시 비행기를 타고 하바롭스크에 도착했다. 이제부터는 시베리아 횡단열차 구간의 여행이다.

기차여행은 낯선 곳을 찾아가는 설렘, 혼자라는 자유로움, 누군가를 만날 것 같은 그리움, 가벼운 현기증을 느끼며 나만의 낭만을 꿈꾼다. 세계에서 온 나그네들과 밤 기차를 타고 12시간여 달리는 시간 여행은 내 생애에서 상상 밖의 경험이다. 못다 한 삶의 갈증 때문에 미친 듯이 여행을 다녔지만 목마름은 풀어지지 않았다. 신의 배려인가. 시베리아 횡단열차가 아니면 경험할 수 없는 광활한 자연의 위대함에 푹 빠져 목마른 갈증을 풀어낸다.

횡단열차는 보통 25개의 객차를 달고 한 칸에 9개의 칸으로 나눠 2등칸에는 좌우상하 4개의 침대가 놓여 있다. 창쪽 가까이 작은 탁자가 있다. 칸마다 문이 달려 있고 가로세로 각각 1.8m가 한 평이니 넓이가 대략 한 평 정도 될 것 같다. 좁은 공간이지만 벽에 붙은 긴 의자를 펴서 침대를 만들고 그 위에 시트를 깔면 된다. 좁지만 가운데 탁자에서 간단한 식사를 할 수 있다. 양쪽 1,2등칸이 마주보는 사이로 길게 복도가 있고 복도 양쪽 끝에 세면대와 화장실이 있다. 페치카에 따뜻한 물이 준비되어 있어 차와 커피, 죽과 라면 등을 데워 먹을 수 있다.

독실료를 별도로 지불하여 일행들은 6호에, 나는 7호

차에 탔다. 반대편 상하 침대는 비어 있는데 내 침대 위에
는 외국인 남자가 먼저 자리를 잡고 있었다. 가방을 놓고
두리번거리는데 삼각팬티만 입은 건장한 남자가 덜렁덜렁
코앞에서 사다리를 내려오지 않는가. 나는 무서워서 꼼짝
도 못하고 시선을 돌리며 쩔쩔매는데 잠시 후 다시 올라
가는 기척이 났다. 복도에 나와 가이드를 기다리는데 현
지 한국인 가이드가 내 맞은편 침대에 들어왔다. 한국인
이라는 게 그렇게 반가울 수가 없었다.

그는 러시아에서 학위를 마치고 가이드를 한다는 성실
해 보이는 청년이다. 내 맞은편 2층 침대에는 가족 여행을
온 사람이 밤늦게 들어와 누웠다. 귀국해서 삼각팬티만
걸친 그 남자 이야기를 딸에게 했더니 그들은 문화가 그
러니 아무렇지도 않다는 답이다.

생판 처음 보는 사람들과 한 평 남짓한 좁은 공간에서
겹겹으로 잠을 잘 수 있는 게 여행이다. 많은 사람들과 만
나며 낯선 환경을 체험하고 삶의 온갖 구속에서 벗어나는
게 여행의 맛이다. 그리고 영혼까지 자유로울 수 있는 여
행은 최고의 시간이다. 혼자 해방감을 느끼며 12시간을
달리는 시베리아 횡단열차 여행은 영혼까지 황홀했다.

욕심이라면 블라디보스토크에서 출발하는 시베리아 횡단열차를 타고 몇 날 며칠 밤낮으로 9,288km를 달려 모스크바까지 전 구간을 완주하는 여행이었으면 얼마나 행복할까.

여행은 한잔 찬물 맛이다. 찬물 한잔 맛 여행은 나에게는 삶을 지탱해 주는 생명수와 같다.

달 가듯이

　동그랗게 무리진 달을 좋아한다. 동그라미 속에 옥토끼 그림자 그리며 차디차게 신비롭게 떠 있는 달! 누구나 한두 번은 달을 향해 마음속 기원을 해 본다. 슬플 때나 기쁠 때나 함께 울고 웃는 달. 숱한 사연을 간직한 많은 사람들에게 그리움이 되어 주는 달이다.

　소주 항주를 다녀왔다. 36개의 동그란 달을 가슴에 품고 돌아왔다. 일찍부터 중국에는 "하늘에 천국이 있고 땅에는 소, 항이 있다(上有天國 下有蘇杭)"는 말이 회자되고 있다. 소주와 항주가 지상의 천국이란 뜻이다. 13세기 이탈리아 여행가 마르코 폴로가 이곳을 유람하고 "세계에서 가장 아름다운 곳"이라는 찬사를 아끼지 않았다. 그중에서도 항주의 서호는 천하 절경이다.

서호 10경 중 호수 안에 섬, 섬 안에 호수가 있는 곳이 세 군데 있다. 삼담인월(三潭印月), 호심정(湖心亭), 완공돈(阮公墩)이다. 겹겹으로 호수가 이어진다.

삼담인월 남쪽에는 5백 년 전에 세웠다는 세 개의 석등이 3각을 이루어 물에 떠 있다. 탑 모양의 석등은 5각을 이루고 홈이 다섯 개다. 석등 안쪽에 촛불을 밝히고 바깥면에 흰 종이를 바르면 은은한 달이 15개 빛을 밝히고, 이 15개 빛그림자가 물에 뜨면 또 15개의 달, 하늘에 하나, 호수에 하나, 마주보는 연인의 눈에 2개, 들고 있는 술잔에 뜨는 달, 마음속에 품은 달, 합이 36개 달이다. 항주 서호에는 언제나 물 위에 아름다운 36개, 상상의 달이 떠서 비춘다.

우리에게도 강릉 경포대 호수에 가면 하늘에 두둥실 떠 있는 달, 호수 속에 잠긴 달, 마주보는 친구의 눈에 2개, 술잔에, 내 마음속에 뜨는 달, 6개의 달을 볼 수 있지 싶다. 이처럼 달은 동서양 모두에게 마음의 정서이고 그리움의 대상이 된다.

아마도 달을 제일 많이 즐긴 사람은 당나라 때 시선(詩仙)

이백(李白)이 아닐까. 많은 사람들이 좋아서 읊었던 '이태백이 놀던 달아…'가 아니라도, 이백은 달을 노래한 많은 시를 남겼다.

"월하독주(月下獨酒)라 일일주삼두(一日酒三斗)하고 작시삼백수(作詩三百首)"라 하지 않았던가. 내가 좋아하는 이백의 '달에 묻노니'란 시를 읊어 본다.

하늘에 달 있은 지 그 몇 해인가(靑天有月來幾時)
잠시 잔을 멈추고 한 번 묻노니(我今停杯一問之)
(중략)

우리는 옛 달을 못 보았으되(今人不見古時月)
저 달은 옛 사람 비추었으리(今月曾經照古人)

그제나 이제나 사람은 흐르는 물(古人今人若流水)
그들은 저 달 보며 무슨 시름 잠겼으랴(共看明月皆如此)
(후략)

억겁으로 지나쳐 온 세월 세월, 흘러 흘러간 달, 앞서간

님들 저 달 보았음은 경이롭기 그지없다.

이번 여행은 남편 동기 부인회에서 함께한 여행이었다. 내 얼굴에 또 한 사람의 얼굴 남편이 겹쳐지기 때문에 항상 조심스러운 만남이다. 가깝고도 멀고 멀고도 가까운 모임이었다. 처음 부부동반 모임에서는 여성 특유의 자존심이랄까, 팽팽한 긴장감이 느껴지곤 했지만 많은 세월이 흐른 지금은 모두 편안한 얼굴이 되었다. 거의 같은 길을 걸어온 남편들의 삶에서 동병상련의 아픔이랄까, 이제는 동고동락한 친구처럼 느껴진다.

3박4일, 조금씩 양보하는 마음으로 더 가까워지고 더 친숙해져 알찬 여행이 된 것 같다. 친목을 위해서는 여행이 좋은 자리가 된다.

돌아오기 전날 밤 우리는 호텔 한 방에 모였다. J여사의 제안에 따라 각자 좋아하는 꽃이 되었다. 평소 자기가 좋아하는 꽃이나 자연 중에 하나씩 이름을 정했다. 그 꽃의 소망스러운 의미를 따라 한 사람씩 꽃이름을 이으며 앉은 순서대로 문장을 이어 나갔다.

시냇물, 소나무, 진달래, 제비꽃, 해바라기, 노을, 별, 솜다리, 저마다 8명의 이름이 정해졌다.

시냇물부터 시작되었다. "무량히 넓은 바다로 가고 싶은 시냇물" 하면, 소나무가 "무량히 넓은 바다로 가고 싶은 시냇물 옆에 늘 푸르게 서 있는 소나무"라 했다. 이렇게 "…소나무 곁에 붉게 핀 진달래꽃, …진달래꽃 옆에 살포시 고개 든 작은 진보라 제비꽃, …제비꽃 곁에 꼭꼭 알이 차 활짝 핀 해바라기 꽃밭에, …하늘에 붉게 타는 노을이 지고, …반짝반짝 빛나는 수많은 별들이 쏟아지는 밤, …고산(高山) 눈 속에 핀 한 떨기 순결하고 청초한 솜다리꽃"으로 이어졌다.

시냇물 J여사 뒤에 앉아 있던 나는 평소 좋아하는 솜다리꽃의 바람으로 8명의 릴레이식 이름을 외며 마무리했다. 그런데 신기한 것은 좋아하는 나무와 꽃이 그 사람의 분위기와 이미지에 거의 같아 보이는 것이다. 나이를 먹으면 자기 얼굴에 책임을 져야 된다고들 한다. 세월의 나이테에 곱게 잔주름 지는 얼굴은 모두의 바람이기도 하다. 사람마다의 향기는 그냥 형성되는 게 아니었구나 싶었다.

잠시 학창 시절로 돌아가듯 꽃말 놀이를 하며 모두 즐거워했다. 애련한 꽃말은 더 깊은 정서를 감지케 하고 더 좋은 만남으로 이어질 듯하다. 요즘은 누구 어머니 대신 시냇물님, 소나무님, 솜다리님으로 이름이 바뀌었다.

여행지에서의 기억을 되새기며 하늘을 쳐다본다. 흐릿한 달을 보고 있으면 어릴 적 고향 하늘에서의 달이 떠오른다.

하늘에 달그림자를 드리우고 두둥실 떠 있던 달. 회색 하늘의 서울 달은 지난날 시골에서 보았던 밝고 환한 쟁반같이 둥근 달은 아니다. 달 속에 옥토끼가 살고 있는 꿈을 잃은 지 오래지만 하늘에 떠 있는 달을 좋아한다. 구름이 빠르게 달을 지나간다. '구름에 달 가듯이'란 이런 밤이지 싶다.

프리즘을 통과한 빛

창밖은 비단 폭을 펼친 듯 연둣빛 물결이 출렁인다. 살랑살랑 춤추는 실바람이 50여 년 전 갈래머리 앳된 얼굴들을 흔들어 놓는다. 흐릿한 인화지를 재생시키듯 생각만으로 행복한 기억들. 이 아침 프리즘을 통과한 빛처럼 색색이 빛난다.

오전 7시, 압구정동 현대백화점 주차장을 출발한 버스가 고속도로를 달린다. 서울 동문 930명을 실은 버스 22대가 개교 80주년을 맞은 모교 축하 기념식에 가는 길이다. 28회는 8호 차. 출발 시간 20분 전에 도착했지만 앞좌석은 다 차고 뒷좌석만 남아 있다. 대충 인사를 나누며 뒷자리로 가는데 미국에서 온 친구가 있다며 내 이름을 부른다. 꼴깍

침을 삼킨다. "왔구나!" 한마디하고 뒷자리로 가 앉는다. 얼마 만인가, 머릿속이 멍해진다.

대학 앞 그린하우스 빵집에서 세 사람이 만난 이후 몇 년 만의 해후인가. 헤어질 때의 뒷모습이 가물거린다. 이름만 남기고 그 빵집도 폐업한다는 기사를 신문에서 읽은 터였다. 시간은 프리즘을 통과한 빛처럼 빠르게 반세기를 달려와 버렸는데, 너무 변해 버린 모습에 목이 꺾인다.

중학교 때부터 그와 나는 단짝이었다. 동갑이지만 나보다 의젓했고 성숙했다. 성숙함이 문제였을까. 다시는 돌이킬 수 없는 지난 시간들. 태평양만큼이나 멀어진 그간의 사연으로 가슴이 서늘하다. 반갑고 즐거워야 할 만남이 이리 뒤죽박죽이 된 것은 지난날 철없던 시절의 가혹한 벌리 때문만은 아니지 않은가. 사람 마음이 참 모질 수 있다는 생각에 더 비참해진다. 그때 어쨌더라면 하는 것은 다 부질없는 일이다. 인연은 비켜 갔지만 운명은 이미 정해져 있었던 게 아닌가 싶다.

11시가 다 되어 대구에 도착했다. 도심 곳곳에 내걸린 개교 80주년을 경축하는 현수막이 우리를 반긴다. 중앙통을 지나면서 학교가 가까워 오자 인파가 몰린다. 얼마 만에 보는 모교인가. 우선 정문이 바뀌어 있었다. 동쪽으로 난 교문이 서쪽 대로변으로 나 있었다. 버스에서 내려 우르르 교문 안으로 밀고 들어갔다. 생의 부분 부분을 공유하며 명문이라는 이름에 미지의 꿈을 키웠고 청순한 소녀 시절을 보낸 아름다운 교정이었다.

교복 바지 옆선에 길게 내린 흰 선은 우리 학교만의 표지다. 우리의 자랑이고 자존심이었다. 여학생 교복바지에 흰 선을 두른 교복은 전국에 유일했고 멀리서도 눈에 잘 띄었다. 남학생들에게 흰 칼 찬 여학생은 동경의 대상이었다. 다른 지방 사람들은 유치해 보인다는 말도 했지만, 입학하면 새 교복을 입고 보란 듯이 거리를 활보하곤 했다.

"80년을 맞게 되는 모교를 눈앞에 두고 생각해 봅니다. 사람은 여든 나이가 되면 팔순잔치를 치를 정도로 축복의 대상이 됩니다. 하물며 척박했던 이 땅에서 여성 교육의 요람으로 80년간 발전해 왔다는 사실은 충분히 경하받을 만하다고 생각합니다."

개회사에 이어 총동창회장의 축사가 이어졌다.

"우리에게 지혜의 묘목을 심어 주고 사랑으로 채찍질하시던 스승님들, 말없이 꿈을 키워 주고 열매를 익게 하던 그리운 교정, 선의의 경쟁을 통해 목표하는 상아탑을 이루게 하던 소중한 벗들을 의식하며 스스로를 가꾸어 온 세월…"

강단을 꽉 메운 선후배 동창들의 모습이 모두 상기되어 있다.

참되고 착하고도 아름다워라
높은 향기 지니는 여인이 되자

백합화 백합화 그 맑은 정신
그 전통에 빛난다
우리 학교 경북여고~~~

교가가 울려 퍼진다. 입속으로 흥얼거리며 교정을 돌아보고 싶어 기념식이 한창 진행 중인 강당을 빠져나왔다. 헤설프게 웃음도 많고, 꿈도 많고, 구김 없이 가장 행복했던 시절이 아니었나 싶다.

본관 뒤편에 있던 한반도 지도 모양의 작은 연못을 찾아 한 바퀴 돌았다. 여학교다운 아기자기한 정원으로 가꾸어져 온갖 꽃이 피어 있고 진홍색 샐비어가 한창 꽃불을 뿜어낸다. 꽃 사이를 헤집고 들어가니 그 자리에 옛 작은 연못이 나온다. 이 학교 졸업생이면 누구에게나 사진 몇 컷으로 남았을 연못이다. 봄부터 많은 꽃들이 피었고 여름 내내 나무가 푸르렀다. 사람들은 힘든 고비 때마다 행복했던 유년 시절을 떠올리며 이겨 낸다고도 한다. 이 아름다운 교정은 그래서 졸업생들에게는 잊힐 수 없는 공간이 되었을 것이다.

운동장을 바라본다. 이쪽에서 저쪽 끝까지 누가 먼저 달리나 달음박질하던 기억 속에 친구들 얼굴이 점점이 떠오른다. 태평양을 건너온 친구도 그 속에 걸린다. 시간의 덧없음에 눈시울이 뜨겁다. 결혼해서 아들딸 잘 키워 출가시키고, 건강한 몸으로 고국 동창회에 참석했다는 건 이민 생활에 성공했다는 뜻일 게다. 감사하며 박수를 보내고 싶은데, 이제 떠나면 다시는 못 만날지 모른다. 무슨 말로 서로 위로하며 헤어져야 하나. 메말라 버린 마음이 슬프다.

돌아오는 길, 차 안이 떠나갈 듯 왁자지껄해도 가슴 한구석이 짠하다. 개교 90주년 때는 우리 중 몇 사람이 참석할 수 있을까. 창밖을 바라본다. 서쪽 하늘에 노을이 붉다. 남은 삶도 프리즘을 통과한 노을빛처럼 색색으로 빛났으면 좋겠다.

태평양을 건너온 친구는 끝내 말없이 떠났고, 그린하우스 빵집에서 만났던 다른 한 친구는 그사이 돌아올 수 없는 먼 길을 떠났다. 큰 덩치에 비해 마음은 제비꽃 같았던 친구. 서늘한 마음으로 명복을 빈다.

나는 수필을 이렇게 쓴다

수필에 눈을 뜬 것은 구독하던 중앙일보 독자란에 산문 한 편을 보낸 것이 계기가 되었다. 문화면 중앙에 사진과 함께 활자화되어 꽤 많은 고료를 받았다.

신문을 본 지인들이 글을 잘 썼다는 칭찬을 했다. 그것이 목마르고 나태한 생활에 소나기가 되어 문화센터 강의를 듣기 시작했다. 결혼하고 30여 년 만의 나를 위한 첫 외출이었다. 습작 시간 일 년여를 거쳐 등단을 하고 수필작가에 이름을 올렸다.

다음은 나름의 수필 쓰는 과정이다. 좋은 수필은 어떻게 써야 하는가? 보통은 수련기를 겪기 때문에 수필작가라면 웬만큼 안다. 그러나 이론은 이론일 뿐, 글을 쓴다는 건 두렵고 힘든 과정이다. 수필의 3대 요소인 주제와 소재, 구성에 대해 살펴보고 전개와 결미를 정리해 볼 것이다.

1. 먼저 무엇에 대해 쓸 것인가, 대상을 고르는 눈을 키워야 한다. 그리고 주제를 정해야 한다. 평소 멀미가 심해서 나는 걷기를 좋아한다. 눈, 코, 귀, 입, 가슴, 머리 감각기간을 다 열어놓고 이 생각 저 생각에 잠겨 걷다 보면 '아, 이것이다!' 글감이 떠오를 때가 많다. 또 미리 주제를 정하지 않더라도 대상과 구상까지 정해 놓고 이야기를 쓰다 보면 주제가 잡히기도 한다.

2. 소재를 주제화하는(의미 부여) 작업을 창작 과정이라고 할 수 있다. 소재는 제일 자신 있게 아는 것부터 선택하는 것이 성공의 지름길이다.

3. 구성은 서두, 전개, 마무리 순서로 이루어진다. 구성은 내용의 일관성과 문맥의 통일성이 있어야 주제가 뚜렷한 수필이 된다고 본다.

4. 제목은 수필의 얼굴이기 때문에 구체적이고 참신하고 독자에게 흥미를 줄 수 있는 것이면 좋겠다. 주제를 정리하며 쓰는 중에 거의 마무리 문장에 숨어 있는 제목을

콕 찍어 내는 맛을 즐긴다.

5. 누군가는 '퇴고를 위해서 글을 쓴다'고 한다. 그만큼 퇴고가 중요하다는 의미다. 아무리 일필휘지하듯 자신하고 쓴 글이라도 수없이 떼고 붙이기를 해야 한다. 퇴고를 적게 하느냐 많이 하느냐의 문제일 뿐이다. 작가 최인훈은 소설 《광장》을 일곱 번 개정판을 냈는데 그때마다 퇴고를 다시 했다고 한다.

처음 퇴고는 구성 차원에서 한다. 문장, 표현, 단어, 맞춤법, 기초적인 띄어쓰기는 두 번째 퇴고 과정에서 걸러진다. '머리 앞가르마 내고 쪽진 정결한 여인의 얼굴처럼' 격조 높은 수필을 쓰려면 수없이 떼어내고 붙이기를 해야만 한다.

그리고 내가 가장 중요하게 생각하는 것은 문장의 중요성이다.

6. '산문은 문장'가라고 한다. 말은 말맛으로 하고 글은 글맛으로 읽는다. 기본 문장이 돼야만 읽을 맛이 난다는 뜻이다. 특히 수필은 문장이 그 문학성을 결정지을 만큼 중요하다. 또 수필 같은 시, 시 같은 수필을 쓰려면 비유, 대조법을 적절히 쓸 줄 알아야 된다고 본다.

많은 말을 하지 않고도 하고 싶은 뜻을 전할 수 있어야 한다. 그러려면 인생을 깊게 보는 통찰력이 있어야겠다. 나는 문장력을 높이려고 첫 문장과 끝 문장에 골똘한다. 주제를 암시하는 서두는 짧고 쉽게, 마무리는 감동적이고 여운이 긴 형상화된 문장이 되도록 고심한다.

다음은 내 수필 〈눈물비 맞으며 건너던 강가〉와 〈엄마의 징검다리〉 끝문장을 예로 들겠다.

1) 새로 세워진 상주 풍양 머릿자, 상풍교 위로 학생들이 자전거를 타고 지나간다. 와와, 아이들 웃음 속에 강물이 실려 간다. (눈물비 맞으며 건너던 강가)

2) 생전에 소원하시던 시멘트 다리, 아직 그 소원을 이루어 드리지 못하고 있다. 언젠가 어느 시골에 작은 시멘트 다리 하나 놓아, 이름을 '엄마의 징검다리'라 짓고 어머니 영전에 바치리라 생각한다. (엄마의 징검다리)

예문 1)은 단발머리 소녀가 대학 입학금을 가슴에 안고 등록을 하기 위해 찬비 맞으며 강을 건너 칠흑 같은 밤길 40리를 걸어야 했고, 다음 날 서울까지 가야 했던 글이다. 끝문장 '강물이 실려 간다'는 대부분 '강물이 흘러간다'로 쓸 것이다. 내가 '와와, 아이들의 웃음에 강물이 실려 간다'로 쓴 것은, 우울한 분위기의 글을 아이들의 밝은 웃음에 '강물을 실어' 희망의 메시지를 형상화하고 싶었기 때문이다. 이 글은 50년대 후반 인프라가 열악한 우리나라 시골의 시대상도 엿볼 수 있는 글이다. 읽은 많은 선생님들이 이 제목으로 책 표제를 삼았어도 좋았을 것이라고 했다.

예문 2)는 어머니가 소원하시던 '엄마의 징검다리'를 내 생전에 이루고 싶은 소망을 담아 쓴 글이다.

다음은 나만의 문체 글을 예로 올린다.

수필 쓰는 과정을 베틀에 실을 올려 손과 발과 허리로 짜는 한 필의 직조에 비유해 본다. 열세 무명이냐, 열세 명주냐, 열세 모시를 짜느냐는 전적으로 작가에게 달렸다. 즉 문장 하나에도 나의 분명한 문색(文色)을 나타내려고 애쓴다.

그동안 내 수필집을 읽은 독자들은 우선 물이 흐르듯

쉽게 책장을 넘길 수 있어서 좋다고 했다. 또 간결한 문장에 순화된 낱말을 쓰려고 애쓴다. 그런데 시대에 오래 살아남는 글을 쓰려면 '시장 아줌마의 거칠고 투박한 언어를 써야 한다'는 말을 했다. 언어는 인격과 품위를 나타낸다. 나는 내 색깔의 언어를 쓸 수밖에 없어서 고민 중이다.

그리고 신경숙 소설가는 무명 시절 소설을 읽으며 무조건 필사를 했다는 글을 읽은 적이 있다. 나 역시 문학수업 시절부터 책을 읽으며 잘된 문장은 빨갛게 밑줄을 그으며 지금까지 필사해 오고 있다. 필사한 대학노트 20여 권이 내 책장에 보관되어 있다.

끝으로 수필쓰기의 변화다.

시대가 수필도 변화하기를 바란다. 수필의 매력은 형식과 내용의 다양성에 있다고 하지만 그동안 자전수필이 주를 이루었고 나 역시 그렇게 써 왔다. 어둡고 무거운 사고를 싫어하는 시대의 요구에 수필도 달라져야 한다고 본다. 어떻게 달라져야 하는지는 함께 고민할 때가 된 것 같다. 요즘은 구상수필을 많이 쓰는 듯하다. 나 역시 구상수필을 써 볼까 생각 중이다.

아무리 잘 쓴 글이라 해도 "윤문(潤文)이 문례(文例)는 될 수 있어도 문범(文範)이 될 수는 없다"고 한다. 좋은 수필은 어떻게 써야 하는가? 모든 수필가의 영원한 숙제가 아닐까 싶다.

　11월은 가을 위에 겨울이 포개지는 달이다. (이 말은 내가 즐겨 쓰는 문장이다.) 독서와 사색의 계절, 좋은 글 많이 썼으면 싶다. 한 문장, 단어 하나라도 도움이 되기를 바란다.

수필가 안숙의 그리움의 미학

김우종_전 덕성여대 교수

1. 북극 밤하늘의 오로라

북극 밤하늘에서는 오로라(또는 아우로라 Aurora)의 여신이 춤을 춘다. 잃어버린 무엇인가가 너무 그리워 그것을 찾으려 밤마다 저렇게 캄캄한 하늘을 휘젓고 헤매는 것 같다. 안숙의 수필 세계가 그렇다.

그것은 그리움이다. 그리움은 인생을 사랑하는 사람의 간절한 욕망이다.

사람이 산다는 것은 죽는 날까지 잃어버리는 과정이기도 하다. 모든 것이 끊임없이 과거로 흘러가 버리며 다시 돌아오지 않기 때문이다. 이렇게 과거로 흘러가고 잃어버린 것 중에는 이미 잊혀진 것과 잊지 못하는 것이 있으며, 못 잊는 것은 그리움이 되고 그리움은 치유되기 어려운 아픔 으로 오로라의 춤이 된다.

신화에서 오로라는 아프로디테의 저주로 항상 인간과 사랑에 빠지는 운명의 여신이라는데, 안숙 작가 작품 속 의 그리움의 갈증은 그런 에로티시즘만은 아닌 것 같다.

윌리엄 아돌프 부그로의 〈L'Aurore〉(1881년)가 명작이 된 것은 그 여신의 사랑의 몸부림이 너무도 아름다웠던 화가 의 상상력 때문이었을 것이다.

나도 예전에 오로라를 찾아다닌 일이 있다. 북극이 아 니고 화방에서 파는 오로라 핑크다. 지금은 인터넷으로 주문하면 되지만 예전에는 한 군데서만 팔더니 이사를 가 버려서 찾아 헤맸었다. 그 환상적인 색감으로 나의 치졸 한 그림 가치를 높이고 싶었었다.

2. 그리움의 춤사위

안숙 작가의 수필 세계로 들어가면 그리움과 만난다. 이 작가는 원로이기 때문에 작품 소재가 흘러가 버린 과거의 것이 많을 수밖에 없고 그것이 수필에서 그리움의 미학으로 나타난다.

〈아버지의 섬 낮달〉〈어머니의 징검다리〉〈언제든 돌아가리라〉〈그리운 것은 눈을 감아도 보인다〉〈눈물비 맞으며 건너던 강가〉〈예천, 물 맑고 유서 깊은 고향〉 등 제목만으로도 그의 수필은 잃어버린 과거에 대한 그리움의 서정수필이 된다. 이런 작품들 속에서 〈비발디 사계의 봄꿈〉은 과거를 회상하는 그리움이 자신을 짝사랑했던 젊은 날의 아름다운 영상으로도 나타난다. 그렇지만 그 그리움은 에로티시즘은 아니다.

그의 수필 세계를 형성하는 그리움은 살아가는 모든 생명체가 지니는 보편적인 정서이지만 섬세한 언어 감각과 메타포의 아름다운 이미지로 호소력이 강하다. 그중에서도 〈아버지의 섬 낮달〉은 아버지에 대한 그리움이며 수필 산문으로서 큰 감동을 주는 수작이다. 그리고 다른 작품들도 그가 태어나고 자라던 고향의 특수성으로 남달리 그리움의 향수가 우수한 서정수필이 되고 있다.

사람은 누구나 끊임없이 현재와 이별하며 살기 때문에 그리움의 병을 앓게 되어 있다. 그렇지만 과거는 모두 잊고

새 것만 반기는 사람이 있는 것과 달리 멀어져 가는 것일수록 더 많이 깊은 정을 쌓는 사람도 있다. 이청준의 소설들이 대개 그처럼 잃어버린 과거에 대한 짙은 향수를 자아내며 명작이 되고 있듯이 안숙은 수필에서 그런 정서를 그려내고 있다. 안숙은 그런 세계가 이청준 문학처럼 허구가 아니라 자화상인 것은 다르다.

3. 원심력과 구심력

안숙의 수필은 농밀한 그리움의 정이 연출되는 서정수필로서 그것은 다음 몇 가지의 작용이 있기 때문일 것이다.

작자의 고향은 내륙의 외딴 섬이다. 외딴 섬은 고립된 공간이므로 밖을 향한 원심력이 강하고 그래서 밖으로 나가면 귀향의식의 구심력이 작용한다. 원심력과 구심력이 작용하는 팽팽한 긴장의 자장(磁場)이기 때문에 안숙의 그리움의 문학은 남달리 호소력이 강하다.

내 고향은 낙동강 중허리쯤에 이르러 삼각주가 병풍처럼 둘러싸고 돌아가는 고장이다. 섭섭하게도 우리 동네를 가까이 흐르는 강은 없었지만 대구로 가는 남쪽 길목 외에는 어디를 가든 외지로 출입을 할 수 있었다. 그래서 그런지 나는 뱃사공이 노를 저어 건네주던 강을 더 좋아한다. 방학을 하고 집에 갈 때는 언제나 배를 타고 강을 건넜다. 뱃전에 앉아 삐걱 삐걱 삐~걱~ 물살 가르는 소리를 들으면 객지에서의 고단했던 시름도 봄눈이듯 녹았다.

― 〈언제든 돌아가리라〉

방학이 되어 오래간만에 배를 타고 강을 건너야 갈 수 있었던 고향길 예천군(醴泉郡) 흔전리(欣田里), 참 아름다운 그림이다. 뱃머리에 앉아 있던 여학생 소녀의 가슴이 얼마나 울렁거렸을까? 작자도 그동안의 고단했던 시름이 봄눈이듯 녹았다고 했다.

뱃삯도 받지 않고 그 대신 추수기가 되면 뱃사공이 이 동네 저 동네를 찾아 다니며 타작마당에서 거둬들인 나락을 받아가고 봄에는 겉보리를 얻어 갔다고 한다.

모두 옛이야기이고 조선조 김홍도나 신윤복 등의 화첩에서나 찾아볼 수 있을 듯한 풍경이다. 이것이 모두 흘러가 버린 옛이야기이듯 안 작가가 방학 때가 되어 뱃머리에 앉아서 출렁이는 강을 건너 고향으로 가는 것이나 뱃사공이 뱃삯을 돈으로 받지 않고 타작마당에서 거둬들인 나락을 대신 받아가던 시절의 기억은 되새길 때마다 몹시 그리운 흡인력을 지닌다. 다시는 되돌아갈 수 없는 과거라는 것과 외딴 섬 같은 곳이라는 공간적 구조가 그런 구심력을 만들어 낼 뿐만 아니라 나룻배를 타고 건너가야만 되는 것이나 풍속이 더욱 그리움을 짙게 만들고 있다.

특히 강물을 건너간다는 것은 예부터 멀리 가버리는 이별을 의미했다. 기독교에서 요단강을 건넌다는 것은 죽음을 의미하며 불교에서도 유사한 의미를 지니고 있다. 절에 가려면 그곳은 대개 작은 냇물을 건너야 한다. 속세가 아닌 다른 영역이라는 의미다. 작자는 고향에 가려면 그렇게 강을 건넜기 때문에 고향을 떠나는 것은 남들과 달리 더 멀리 떠난 거리감으로 향수의 정이 더 짙었던 것 같다.

그리고 작자는 남달리 살아가는 세상에 대한 애정이 짙다. 80을 넘은 지금까지 학문에 열중하고 또 문학에 열중하는 모습이 그렇다. 그래서 흘러가 버리는 과거에 대한 그리움의 정이 남달리 짙을 수밖에 없다.

약속이나 하듯 여름 저녁은 못으로 몰려가 개헤엄도 치고 등물도 했다. 깔깔한 밤바람을 마시며 못 둑에 누워 하얗게 튀밥처럼 부풀어 오르는 은하별을 헤던 밤, 하늘에 꼭꼭 박힌 그 많던 별들은 어디로 갔을까?

– 〈언제든 돌아가리라〉

작자는 이렇듯 서정적 감각으로 옛날을 회고하며 사실적 묘사에 능하다. 정지용이 〈향수〉에서 '그곳이 차마 잊힐 리야' 하며 탄식했듯 가버린 과거사가 너무도 소중했기 때문일 것이다.

과거사는 가버린 시간의 길이만큼 그리움의 농도가 더 짙어지고 배를 타고서야 돌아갈 수 있었다면 역시 더 그리움이 짙어진다. 이것이 작자의 남다른 섬세한 감각과 세련된 문장으로 우수한 수필을 만들어 내고 있다.

4. 서울로의 탈출

6·25전쟁 중에 안숙은 대구에서 여중고를 졸업하고 대학 진학을 위해 서울로 간다. 그동안에는 방학 때가 되면

배 타고 고향에 갔지만 서울은 고향의 영역을 벗어난 먼 곳으로의 탈출이다. 공간적 개념만 바뀌는 것이 아니다. 여자들에게는 대학 진학이 어렵던 시대인데 이 불평등의 담부터 깨부수는 작업이었고 등록금도 어려웠다. 또 등록 마감이 합격 발표 후 3일이라니 대학 당국의 횡포가 이만 저만이 아니다.

안숙 학생은 먼저 대구에서 고향으로 돌아가야 했고, 집에도 없는 등록금 10만 환을 마련해야 했고, 거기서 다시 상주로 나가서 서울행 버스를 타야 했다.

> 단발머리 소녀가 소중한 입학금을 몸속에 감추고 서둘러 길을 출발했을 때는 칠흑 속에 찬비가 내리기 시작했다. 위험하나며 어머니를 알던 이웃 분이 마침 또래 남자 동행을 딸려 주었다. 겨울처럼 추운 밤이었다. 중도에 낙동강을 건너야 했다. 자고 있는 뱃사공을 깨워 겨우 배를 타고 강을 건너 상주에 도착했을 때는 통행금지 준비 사이렌이 울리고 있었다.
>
> ─〈눈물비 맞으며 건너던 강가〉

그다음에는 나그네 김삿갓처럼 남의 집 대문을 두드리고 하룻밤 잠자리를 청한다. 처녀가 이럴 수 있었다는 것이 참으로 놀랍다. 그리고 서울행 새벽 버스를 타고 간다. 그래서 마감 시간 몇 분이 지나서야 대학 입학 등록을 마친다. 이 과정은 그냥 서울행이 아니라 불가능에 도전하는 탈출이다. 이 작품의 마지막 압축적인 처리가 매력이 있다.

> 단발머리 소녀가 입학금을 안고 강을 건너던 때, 노를 저어 주던 뱃사공은 지금쯤 어디에 흘러가 있을까? 이름은 잊었지만 그때 찬비를 맞으며 동행해 준 남자아이는 어디서 살고 있을까?
> 새로 세워진 상주 풍양 머릿자, 상풍교 위로 학생들이 자전거를 타고 지나간다. 와와, 아이들 웃음 속에 강물이 실려 간다.
>
> —〈눈물비 맞으며 건너던 강가〉

이 부분은 작자가 옛 고향을 찾아간 장면이다. 찾아갔지만 옛 고향은 아니다.

"고향에 고향에 돌아와도/ 그리던 고향은 아니러뇨// 산꿩이 알을 품고/ 뻐꾸기 제철에 울건만…" 정지용 〈고향〉에서처럼 그렇게 변했지만 그것만이 아니다. 과거는 다시 돌아오지 않는다. 그래서 그 그리움은 아픔이 되고 밤하늘의 오로라 여신의 몸부림이 되고 있다.

이렇게 몸부림 친 밤하늘에는 자다 말고 일어나서 배를 태워 준 사공이 있고 비를 맞으며 무서운 길을 동행해 준 남자도 있다.

어찌 이들뿐이랴. 이렇게 고향을 떠나고 다시 돌아오는 이야기는 구심력과 원심력으로 밀고 당기는 긴장관계이며 남달리 농밀한 그리움의 정서가 깔끔하고 세련된 문체로 그리움의 미학을 보여 준다.

5. 주어진 인생을 사랑하는 사람

또 작자는 창작하는 문인 이전에 주어진 인생에 대한 뜨거운 사랑과 열정이 생활의 근간이 되고 힘이 되고 있다. 그 사랑과 열정에는 정년이 없다. 무한 질주의 순수성을 지닌다고 말해도 좋다.

작자는 고향에서 배 타고 나와 대구에서 중고등 시절을 보냈지만 그다음에는 대학생이 되어 아주 멀리 서울로 갔다. 그 후 늦은 나이에 다시 학업을 계속했다. 2015년에 문학석사 학위를 마치고 2022년에 문학박사 학위를 받았다. 6·25전쟁 때 초등학생이었으니 지금은 아주 많이 할머니다. 남들은 대개 저세상으로 가버린 나이인데 2년 전 받은 학위는 무엇을 위한 것인지? 목적을 물으면 답이 잘 나오지 않을 것 같다. 박사는 교수직이나 이와 유사한 용도를 위해 위조까지 하는 스펙인데, 작자는 그럴 나이가 아니다. 목적지가 없다면 브레이크가 없는 무한 질주다. 예술이나 학문이나 그것은 어떤 효용가치 이전에 그 행위 자체가 목적이라는 주장대로라면 안 작가가 인생 말년에 이렇게 학문에 탐닉하고 학위를 마치는 것은 순수하고 아름답다.

6. 사랑과 연민, 그리움의 미학

그리움이 가장 우아한 영상으로 언어 미학의 매력을 성취하고 있는 것은 〈아버지의 섬 낮달〉이다.

날빛을 잃은 낮달은 서녘 하늘에 외로운 섬처럼 떠 있기도 하고 동트기 전 여명에 흰무리처럼 떠 있기도 하다. 맑은 날은 빛을 잃고 외롭게 하늘에 떠 있을 테지만 보이지는 않는다. 낮달은 보고 싶을 때 아무나 볼 수 있는 달이 아니다. 시월 달개비 바람을 가슴에 안고 살아가는 사람에게만 보이는 달이다. 그리고 낮달은 그리움을 안고 하늘을 쳐다보는 사람에게만 보이는 달이지 싶다.

초겨울 낮달은 얼음 조각처럼 시려(추워) 보인다. 하나둘씩 피어나는 그리운 얼굴 같은 조각달은 가슴에만 피어난다. 여덟아홉 살 때 보았던 낮달은 꽃상여가 떠나던 날 거푸 하늘에 외롭게 떠 있었다. 외로운 시인의 누군가에게 사랑으로 다시 태어난 낮달이라 했던가. 외로운 누군가가 되어 보지 않은 사람은 볼 수 없는 달이지 싶다.

―〈아버지의 섬 낮달〉

작자는 어릴 때 멀리 떠나신 아버지를 그리워한다. 돌아가신 아버지에 대한 그리움이 수필이 되려면 김소월이 "그립다 말을 할까 하니 그리워"(〈진달래꽃〉에서) 한 언어 기교만으로는 작품이 되기 어렵다. 그리움의 동기부여가 될 만한 필연적 이유가 따라야 한다. 그런데 이 작품에는 그것이 없다. 아버지가 떠나시던 날 낮달이 떠 있었지만 그것이 그리움의 동기가 되지는 않는다. 어린 동생의 죽음이 아버지를 병들게 했더라도 그 때문에 작자가 더 그리워했어야 할 이유가 되지 않으며 작자는 그렇게 쓰지도 않았다. 다만 아버지와 낮달이 있고 부수적으로 꽃상여가 있을 뿐이다. 그리고 작자는 낮달의 영상을 통해서 아버지에 대한 그리움을 그린다.

작자가 그리는 낮달은 외로운 섬이다. 외로운 시인, 외로운 누군가 외롭게 하늘에 떠 있다는 등 외롭다라는 용어가 반복된다. 그리고 이 의미를 다른 이미지로 반복한다.

보고 싶을 때 아무나 볼 수 있는 달이 아닌 것.
시월 달개비 바람을 가슴에 안고 살아가는 사람에게만 보이는 달.
그리움을 안고 하늘을 쳐다보는 사람에게만 보이는 달.
얼음 조각처럼 시려 보이는 달.
그리운 얼굴 같고 그런 가슴에만 피어나는 달.
꽃상여가 나가던 날 떠 있던 달.

외로운 누군가가 되어 보지 않은 사람은 볼 수 없는 달.

—〈아버지의 섬 낮달〉

이렇게 그려진 낮달의 외로움은 거의 잊혀지고 있는 사람, 남에게 잘 보이지도 않는 소외자, 아무도 따듯하게 품어 주지 않는 가엾은 존재를 의미한다.

이같은 낮달의 이미지로 대치해서 꽃상여 타고 가버린 가엾은 아버지에 대해서 작자는 딸자식으로서의 간절한 사랑과 그리움을 나타내고 있다. 그리움을 그처럼 아름다운 회화적 이미지로 그려서 아름다움의 감동을 자아내는 기법이 매우 뛰어나다.

이 같은 그리움은 사랑을 의미한다. 사랑하기 때문에 그리워한다. 그리고 이 사랑은 에로티시즘이 아니다. Love보다는 Pity에 가깝다. 가엾은 중생에 대한 자비에 가깝다. 그리고 철학적인 심오한 사상성을 지닌 사랑이다. 다시 말해서 허무한 인간 존재에 대한 구원의 정신이 짙게 깔려 있다.

한 남자로서 세상에 태어나 가족을 사랑하며 열심히 살다가 어린 자식을 잃고 병들어서 일찍 가버린 아버지에 대한 연민의 정과 눈물방울이 이슬처럼 맺혀 있다. 그리고 아버지에 대한 이 사랑과 그리움의 이슬은 반사되어 작자 자신을 촉촉이 적시고 있다. 그래서 아버지의 섬 낮달은 작자 자신이기도 하다. 그렇게 외로운 존재로서의 인간의 모습을 보여 주며 그렇게 외로운 자가 외로운 자를 사랑하는 따뜻한 사랑의 아름다움을 강력하게 전하고 있다. 잔잔한 언어지만 설득력이 강한 구원의 메시지를 그리고 있는 것으로 보인다.

7. 원로 수필가의 위상

안숙의 수필은 매우 절제된 간결미로 우아한 품위를 지닌다. 흘러 가버린 과거에 대한 그리움은 서정수필이 되지만 정서의 서술이 간결하고 그 감정도 절제되어 있다. 결코 센티멘털리즘이 아니면서 잔잔한 이야기의 저변에 아릿한 파토스가 깔려 있다. 작자는 아버지를 그리워하지만 낮달의 인상을 그리면서 우회적으로 아버지를 말하고 또 아버지를 통해서 인간의 고독을 말한다.

서정수필이 정서 진술을 줄이며 이를 회화적 영상의

이미지로 대신하며 지적 감각을 높이면 1930년대의 모더니즘과 유사해진다. 서정시를 매도한 김기림의 주지주의 또는 모더니즘이 그렇고 김광균이 그랬다. 낮달이 그렇게 숨어 있는 그리움의 섬이듯이 작자는 남몰래 그렇게 가슴으로 아버지를 바라본다. 그만큼 직접적인 감정 노출을 자제한 표현 기법이다.

어머니에 대한 그리움을 나타내는 〈엄마의 징검다리〉도 직접적 표출을 절제하는 깔끔한 수필이다. 봉분을 파헤치고 어머니의 유골을 보게 되는 장면인데 작자의 표정은 감춰지고 있다. 소리도 없다. 사무친 그리움을 사실적 서술 문장 속에 감추며 조용히 품위를 유지하고 있다. 어머니가 고향을 사랑하며 유언처럼 남겼던 말을 되새기면서 인생은 허깨비 같다고 탄식한 말 한마디만이 직접적 감정 노출이 되는 셈이다.

작자는 신혼 시절로 돌아가는 시간 여행도 한다. 〈눈꽃으로 핀 검은 넋〉은 신혼 시절 태백시로 돌아간 시간 여행이다. 그곳은 아이들이 냇물도 먹물로 검게 그리는 석탄 광산지대다. 그렇게 석탄가루를 뒤집어쓰니 광부들은 눈동자와 하얀 이만 빼고 모두 검지만 그것이 아니라도 검은 옷이 어울린다. 사고가 빈발하며 막장에서 죽는 광부도 많기 때문이다.

이런 의미에서 우리 사회의 뒷면에 가려진 어두운 부분을 증언하지만 작자는 세상을 애정을 갖고 밝게 본다. 가와바타 야스나리의 《설국》에서처럼 수필의 마지막을 갑자기 하얀 눈나라로 처리한 기법이 그렇다.

그런 긍정적 가치관은 〈갓바위〉에서도 잘 나타난다. 어머니는 자식의 건강을 위해 한 달에 한 번 캄캄한 밤에 동대구역에서 내려 팔공산에 올라 약사여래불상이 있는 갓바위에서 기도를 드린다. 인등(引燈)을 켜 놓고 기도를 드리기 시작해서 아마도 10년쯤, 아픈 자식을 그렇게 길러서 명문대에 보내고 사회에 내보냈다는데, 그것이 어머니의 사랑이라지만 남다른 집념은 그만큼 세상에 대한 긍정적 사고 때문일 것이다. 이 작품 역시 마지막 처리도 밝다.

산 그림자가 짙은 골짜기에 하얀 새벽이 오고 우뚝우뚝 서 있는 나무들 사이로 산새가 날아간다.
노오란 산수유꽃잎에 바람이 지나간다.

―〈갓바위〉

이처럼 아주 간결한 풍경 묘사로 세상을 밝게 조명해 나가고 있다.

작자는 그렇게 가을에는 단풍의 11월을 찬미하고(〈아무 것도 없다〉) 봄에는 아카시아 향기가 진동하는 5월을 찬미하고 4월도 찬미한다. 5월의 찬미는 아카시아 때문이기도 하겠지만 작자를 짝사랑하던 남자와의 데이트 때문일지도 모르겠다.

장미 다섯 송이를 내밀고 사라진 남자도 있지만, 고향의 초등학교 교실에서 만나고 작자에 대한 정을 담은 노래를 작사하고 작곡해서 바치는 남자 이야기도 있다. 3년여 동안 주고받은 편지만도 100여 통이라니, 비록 작자는 친구로만 사귀었다고 해도 참 살아볼 만한 세상이다(〈비발디 사계의 봄꿈〉).

일본 시인 이바라기 노리코는 젊은 시절을 한탄했었다. 윤동주를 생각한 글로 유명한 그녀는 〈내가 가장 예뻤을 때〉에서 남자들은 사랑의 말 한마디는커녕 딱딱하게 경례만 붙이고 돌아갔더란다. 전쟁으로 모두 죽어 갈 때 얘기다.

이와 달리 안숙 작가의 젊은 시절은 날마다 신나는 계절이었을 것처럼 밝다. 물론 누구나 희로애락 중 어느 하나도 빼먹고 살지는 못하지만, 작자는 이런 과거사만이 아니라 전체 작품 세계가 인생에 대한 긍정적 사고로 밝은 편이다. 그리움은 미련이고 아픔이지만 그리움도 하늘이 준 운명에 대한 짙은 사랑이기 때문이다. 그리고 긍정적 사고는 감사이며 겸허한 미덕이며 다 함께 밝게 살아가야 할 세상에 대한 빛이 된다.

이런 주제를 세련된 문장과 기법으로 형상화하여 전하는 안숙 작가의 수필은 최근에 박사학위를 받는 학문적 열정까지 겸해서 한국 수필문단에서 더욱더 빛을 더하게 될 것이다.

아버지의 섬 낮달